# Les noces de feu

roman

**Catalogage avant publication de BAnQ et Bibliothèque et Archives Canada**

Marquis, André, 1960-

       Les noces de feu
       ISBN 978-2-89031-631-7
       I. Titre.

PS8576.A752N62 2008      C843'.54  C2008-940425-4
PS9576.A752N62 2008

Nous remercions le Conseil des Arts du Canada ainsi que la Société de développement des entreprises culturelles du Québec de l'aide apportée à notre programme
de publication. Nous reconnaissons également l'aide financière du gouvernement
du Canada par l'entremise du Programme d'aide au développement de l'industrie
de l'édition (PADIÉ) pour nos activités d'édition.
Gouvernement du Québec – Programme de crédit d'impôt pour l'édition de livres
– Gestion SODEC.

Mise en pages: Eva Lavergne
Maquette de la couverture: Raymond Martin
Illustration: *Issa II*, Patricia Barrowman

Distribution :

Canada
Dimedia
539, boul. Lebeau
Saint-Laurent (Québec)
H4N 1S2
Tél.: (514) 336-3941
Téléc.: (514) 331-3916
general@dimedia.qc.ca

Europe francophone
D.N.M. (Distribution du Nouveau Monde)
30, rue Gay Lussac
F-75005 Paris
France
Tél.: (01) 43 54 50 24
Téléc.: (01) 43 54 39 15
www.librairieduquebec.fr

Dépôt légal: BAnQ et B.N.C., 3ᵉ trimestre 2008
Imprimé au Canada

André Marquis

# Les noces de feu

roman

Triptyque

# 1

Mi-juillet. À la campagne. Un peu après le crépuscule. Le centre équestre La chambrière, connu à travers le monde pour la difficulté de ses parcours de chasse dessinés à flanc de montagne, était la proie des flammes. Des gens allaient et venaient selon une chorégraphie désordonnée. Quelqu'un lança un ordre, puis toussa, se racla la gorge et voulut cracher, mais l'intérieur de sa bouche se révéla plus sec que le gosier d'un prêcheur puritain. Le temps n'était pas encore aux pleurs et à la compassion. Il fallait sauver les bêtes ! Hennissements, pupilles effarées, pattes crispées qui refusaient d'avancer.

Les premières rumeurs décrétaient que le feu avait pris naissance dans le fenil, pour une raison inconnue. Tel un acrobate du Cirque du Soleil, il aurait vite sauté d'une botte de paille à l'autre. La structure de bois attenante se serait embrasée dans le même mouvement. Trop tard pour espérer contrôler le dragon. Son souffle dévastateur se répandait dans tous les couloirs.

Hommes et femmes se relayaient, la moitié du visage recouvert d'un linge humide. Dans un western, on les aurait pris pour des voleurs de grand chemin, alors qu'ils jouaient les bons Samaritains au péril de leur vie. Déjà un grand nombre de chevaux avaient été transportés dans les écuries provisoires, qui servaient de gîte lors des grandes compétitions nationales et internationales. Tâche plus difficile qu'on pourrait le croire de prime abord. Si attachantes que soient ces nobles bêtes, elles ont l'instinct plus développé que l'intelligence. Posez un carré de sucre ou une moitié de carotte dans la paume de votre main, et l'une d'elles viendra vous chatouiller de ses babines rugueuses. Gourmandes et gourdes. Impossible de leur expliquer qu'elles doivent quitter leur stalle à cause du feu. C'est leur refuge, leur maison, leur havre de paix. Elles se braquent et se cabrent. Sitôt sorties, elles ne pensent qu'à rentrer se faire rôtir en enfer. Bien les tenir par le licou et les conduire à bon port.

Dans la pagaille qui s'éternisait, une jument écrasa le pied d'un adolescent ; un étalon, noir comme un Jedi corrompu, cherchait à mordre et à ruer quiconque, homme ou bête, s'approchait de lui ; un cheval de trait, qu'on attelait à une calèche pour promener les touristes sur les sentiers romantiques, avait poussé son palefrenier contre un mur et, s'appuyant sur lui de tout son poids, l'empêchait de bouger.

En raison de la fumée dense et des timbres de voix paniqués, il était presque impossible de discerner les gens qui réclamaient de l'aide de ceux qui encourageaient leurs compagnons. Tout le monde avait depuis longtemps épuisé ses forces vives. Chacun cherchait la fougue nécessaire pour tenter un ultime effort. L'intense brasier mit fin aux hurlements des uns et des autres. L'heure des bilans approchait.

De la vingtaine de pensionnaires racés, trois périrent. Des chevaux de prix. Des champions du saut d'obstacles. Pour l'instant, nul ne s'apitoyait sur le sort de ces pauvres bêtes. Il serait toujours possible de le faire plus tard, quand le vent de panique aura décliné et que les esprits se seront apaisés. On venait d'apprendre une nouvelle accablante. Un cadavre carbonisé gisait dans le fenil. Méconnaissable. Du charbon humain. De quoi assombrir l'insouciance des jours d'été.

Abattus, assoiffés, exténués, les apprentis héros se dispersaient sur la pelouse et laissaient libre cours à leur chagrin. Visage contre épaule. Main dans la main. Solidaire, le sol se nourrissait de leurs larmes. Aucune parole ne parvenait à réconforter ces êtres que le destin avait frappés impitoyablement. Il fallait que les prunelles évacuent leurs réserves d'eau salée et nettoient les plaies intérieures.

La nuit finit par tomber. Les survivants se dispersèrent peu à peu. Des amis, des parents vinrent à la rescousse des plus bouleversés. Manger, prendre un bain, dormir. Scénario tout tracé après une telle catastrophe. Mais qui pouvait songer au sommeil ? L'air chaud stagnait au-dessus des ruines fumantes de l'écurie. Tout le monde gardait la tête basse, si bien que personne ne remarqua la luminosité imperturbable des étoiles qui assistaient sans broncher aux tragédies de la vie terrestre depuis des millénaires.

# 2

— *Dépêchez-vous, ils arrivent ! lance Marie-Jeanne, d'une voix aiguë. Faut pas rater le spectacle.*

— *Virgule fait-il partie du groupe ?*

— *Oui, et Trait d'union aussi.*

— *Alors, pas de doute, on va bien rigoler.*

*Puis je range en vitesse les selles et les brides que je nettoyais depuis une heure, en compagnie d'un nouvel arrivant, un jeune homme aux yeux bleus et profonds comme ma mère.*

— Tu es sûr que ce n'est pas « bleus et profonds comme la mer »? intervient garde Mailloux, un cahier d'écriture posé sur les genoux et un stylo-bille à la main.

— Non. Ma mère avait les plus beaux yeux bleus du monde, jusqu'à ce que mon père les lui crève.

— Tu veux me parler ton père ?

Je secoue lentement la tête. Me prend-elle pour un con ? Je la vois venir avec ses gros sabots. Si elle croit m'avoir aussi facilement, elle se trompe. Je veux bien collaborer, mais qu'on respecte mes intuitions et mon rythme. J'en étais où là ? Ah oui !

— *Toi, le nouveau, viens avec nous. Tu le regretteras pas.*

— *Je te répète pour la centième fois que je m'appelle Léonard.*

*Je lui décoche un sourire aussi énigmatique que celui de la Joconde, puis sors de la sellerie en courant. C'est une belle journée d'été. L'écurie, fraîchement repeinte en blanc, resplendit dans cet écrin de verdure composé de larges pelouses et de feuillus plus centenaires les uns que les autres entre lesquels serpente une rivière qui déverse les humeurs de la montagne dans un petit lac artificiel. Un vrai décor de carte postale !*

— Alors, tu le trouves comment mon début ?

— Je suis pas certaine qu'on puisse commencer par un dialogue.

— Merde ! Ça veux-tu dire qu'il faut tout reprendre à zéro ?

— Non, non. Continue, Jules. Je note, je note. De toute façon, on veut pas le publier ton texte.

Sait-on jamais ? J'ai toujours rêvé d'écrire. Les idées se bousculent dans ma tête à une vitesse foudroyante. Lorsque j'en tiens une par le cou, je la lâche aussitôt pour en saisir une autre. J'ai du mal à les conserver et à les exploiter à fond. J'ai les idées fuyantes, poisseuses, éphémères.

Il n'en a pas toujours été ainsi. Avant, je vivais comme tout le monde. Avec des rires, des désirs, des peines et des projets à moyen et à long terme. Je n'avais peur de rien. Ni du diable ni de l'amour ! J'avais les idées bien ancrées dans le quotidien et le réel. Puis un gouffre s'est ouvert sous mes pas. Je me suis précipité dans cette crevasse tel un insecte sur une enseigne lumineuse. Grisé par la descente jusqu'à ce que je percute le sol de terre grasse mais compacte.

Garde Mailloux m'accompagne et me soutient. Je dois faire le ménage de mon cerveau, de mes frayeurs, de mes souffrances. Présentement, j'ai les émotions à fleur de peau. Pour ce qu'il m'en reste ! Je ne suis plus que lambeaux, muscles et ligaments. Le candidat idéal pour de multiples greffes. Des mois de plaisir en perspective. On imagine difficilement le choc avant de le subir. C'est pourquoi garde Mailloux m'a suggéré cette thérapie par les mots. Je parle, elle écrit. Je raconte, elle me questionne et commente. Ça me fait du bien, surtout que j'ai l'imagination débridée comme jamais. Je plane. Un effet des médicaments sans doute. Garde Mailloux prend un réel plaisir à jouer la psychanalyste. Comme elle m'oblige à réfléchir, je me concentre du mieux que je peux avant d'ouvrir les vannes. Quand je parviens à desserrer les doigts, je vois mes idées s'envoler et je décris leur vol. Garde Mailloux m'encourage et me félicite. Ma situation s'améliore. Je m'invente des souvenirs. Je recompose mon histoire personnelle.

Dans la pièce qui m'abrite, les miroirs sont interdits. Je ne verrais, semble-t-il, qu'une momie égyptienne, un être camouflé sous des kilomètres de gaze. À peine un espace libre pour les yeux et deux trous pour respirer.

— Tu m'écoutes ou quoi ?

— Désolé, je me suis égaré.

— Le lac, c'est une invention ou un désir narcissique ?

Elle a sûrement suivi un cours de psycho quelconque au cégep.

— Il était bien réel, de même que le radeau aux barils rouillés.

— Évidemment, avec ce que tu as vécu, l'eau...

— Je le jure. Il y avait un lac et une maison blanche à colonnades de l'autre côté...

— Encore du blanc ! Tu fais une fixation, mon vieux.

*Depuis la fin des classes, je passe le plus clair de mon temps au centre équestre.*

— Claire, ce n'est pas le prénom de ta mère ?

— Oui, mais ça n'a rien à voir.

— Bien sûr, bien sûr !

*J'ai tout de suite été accepté par les enfants de riches même si je ne possède qu'un modeste cheval, curieux mélange de plusieurs races, alors que les autres chevauchent des pur-sang.*

— Parce que, toi, tu te considères peut-être comme un enfant de la rue ?

— Eux, leurs parents sont millionnaires. Je suis donc le pauvre de la place.

— C'est ça, et, moi, je vais me mettre à pleurer.

Tout de suite les exagérations, les mesures extrêmes ! Garde Mailloux a l'art de tuer la poule dans l'œuf. Peu d'espace pour l'imaginaire dans sa logique curative. Elle nage en plein réel et veut que je l'y rejoigne. Je ne demande pas mieux, pourtant... Je la sens bien impatiente tout à coup.

— Il ne faut pas m'interrompre, sinon je finirai jamais mon histoire.

— Ton autobiographie, on s'était entendus sur le terme « autobiographie », seulement les faits qui se sont vraiment passés.

Comme si tout ce qui me vient à l'esprit n'existait pas ! Comme si un geste était plus réel que la motivation que je lui attribue !

— Mon HISTOIRE !

Ma vie n'est qu'un tas d'événements insipides. Elle n'intéresse personne. Pas même moi. Je préfère m'en imaginer d'autres, plus palpitantes, plus héroïques.

*Assis sur la clôture de perches, Marie-Jeanne, le nouveau et moi-même écoutons le bruit des sabots martelant de leurs fers l'allée asphaltée devant l'écurie. Léonard ne comprend toujours pas pourquoi nous sommes si énervés. Des chevaux de location qui rentrent tranquillement à la*

*maison avec des écuyers du dimanche sur leur dos, cela n'a*
*rien de bien excitant. J'éclaire quelque peu sa lanterne.*

— *Sois patient. Ils vont aller et revenir le long du lac,*
*puis François va suggérer à son groupe d'entrer avec les*
*bêtes dans l'eau.*

— *Et vous faites tout un plat pour quelques écla-*
*boussures !*

— *C'est la suite qui promet d'être plus drôle.*

— Pourquoi faut-il que tu tournes toujours tout en
plaisanterie ? Toujours !

— C'est plus fort que moi, une deuxième nature, un
réflexe de survie.

*François passe devant nous au pas. Il lance un clin d'œil*
*à Marie-Jeanne et emprunte le sentier à la droite du lac. Les*
*pseudo-cow-boys en bermuda et sandales, qui contemplent*
*le paysage avec ravissement, reviennent bientôt sur leurs*
*pas. François prend alors sa voix la plus suave.*

— *Afin de remercier les chevaux pour cette agréable*
*promenade en forêt, nous allons maintenant rafraîchir leurs*
*pattes. Suivez-moi.*

— Tu es sûr de vouloir dépeindre cette scène ?

— Tout à fait.

— La dernière fois... Tu te rappelles la dernière fois ?

J'avais eu un léger blocage. Suivi d'une infime crise
d'hystérie. Peut-être ai-je aussi cassé un objet qui m'était
tombé sous la main. Je hausse les épaules et reprends mon
récit.

*La curieuse file entre dans l'eau. Quelques chevaux*
*en profitent pour étirer leur encolure et satisfaire leur soif.*
*Surpris par cette manœuvre, deux cavaliers manquent de*
*tomber. Ils se mettent à rire nerveusement. François, qui peine*
*à conserver son sérieux, dirige sa monture sur la pelouse et*

les autres font de même, à l'exception des individus montés sur Virgule et Trait d'union.

— J'hésitais à te le dire, mais ce sont de drôles de noms pour des chevaux, tu ne crois pas ?

Je ne réplique rien. Vérité, mensonge, calomnie. Les mots sortent ainsi, c'est tout. Je ne vais quand même pas lui donner entièrement raison.

*Les deux bêtes veulent prolonger cet instant de bien-être et atteindre le nirvana de la relaxation. Les faibles coups de pied de leurs cavaliers les chatouillent à peine. La jeune femme assise sur Virgule s'amuse du comportement insolite de son cheval.*

*— Regardez, Virgule tape du pied dans l'eau.*

*— Le mien aussi, s'empresse de souligner son compagnon.*

*Le reste de la scène se déroule comme un film au ralenti. Du coin de l'œil, j'aperçois Raymond, le gérant du centre équestre, sortir de l'écurie en courant. Les bras aussi agités qu'une éolienne, il crie quelque chose à François.*

*Les deux chevaux, pris d'une irrépressible envie de rendre hommage au grand étalon céleste, plient d'abord les genoux, ce qui a pour effet de déstabiliser leurs cavaliers, qui froncent les sourcils et s'agrippent à la crinière. Ils comprennent maintenant la précarité de leur situation. Puis c'est au tour des pattes postérieures de fléchir. Les deux jeunes gens ont alors le réflexe de sauter dans l'eau peu profonde et de s'éloigner de leurs montures. Étendus de tout leur long, Virgule et Trait d'union se frottent avec contentement contre le sable caillouteux et se roulent d'un côté puis de l'autre en soulevant des milliers de gouttelettes réconfortantes.*

— Étonnant, cet adjectif !

— Il m'a échappé.

— Comme ça l'eau aurait un effet rassurant ?

— Je voulais dire « rafraîchissantes ».

*Assis aux premières loges, nous admirons le ballet plutôt gauche des deux énormes hippocampes qui, ayant reconnu les intonations bourrues de la voix de Raymond, profitent de ces fugaces instants de plaisir jusqu'à la dernière goutte. D'un ton sec et impérieux, Raymond met fin au spectacle.*

— *Desautels, Villeneuve, gronde-t-il, en pointant un index accusateur dans ma direction et celle de Marie-Jeanne, rentrez les chevaux, puis mettez les selles et les brides à sécher. François, occupe-toi des naufragés.*

*Les deux rescapés ont déjà enlevé leurs sandales et ne semblent pas traumatisés plus qu'il ne faut par leur mésaventure. Pendant une fraction de seconde, j'aperçois l'ébauche d'un sourire sur les lèvres de Raymond. Marie-Jeanne attrape Virgule, pendant que je me saisis de Trait d'union. Jusqu'à l'écurie, les deux bêtes ne cessent de se jeter des regards complices et de se retrousser les babines comme si elles se racontaient leurs frasques.*

*Marie-Jeanne me glisse à l'oreille :*

— *Tu te souviens du cavalier dont le pied était resté pris dans l'étrier et que Virgule avait traîné sur une trentaine de mètres ?*

*Et comment ! Raymond nous avait fait la gueule pendant toute une semaine parce qu'il nous tenait responsables de l'incident. Par bonheur, le cavalier s'en était sorti avec seulement des éraflures et des ecchymoses.*

— Donc, Raymond, c'est le méchant, l'adversaire à abattre dans ton histoire.

— Non, il est super-correct. Il nous fait confiance, nous donne des responsabilités. Il abuse parfois peut-être...

— Qu'est-ce que tu entends par « abuser »?

— Pas dans le sens sexuel. Raymond aime trop les femmes... accomplies. Il nous considère un peu comme de la main-d'œuvre bon marché.

Garde Mailloux me sourit. Elle est charmante malgré son sarrau blanc, ses lunettes en demi-lunes sur le bout de son nez et la grossièreté de son maquillage ! On dirait une actrice de théâtre ou une femme de mauvaise vie. D'habitude, je déteste le contact du fard sur les lèvres d'une fille ; dans son cas, je ferais peut-être une exception. Voilà que je recommence à divaguer.

— Et si nous abordions tes relations avec Marie-Jeanne ?

— Quelles relations ?

— Tu l'aimes vraiment ?

Si je l'aime... Si je l'ai aimée... Marie-Jeanne la flamboyante, l'ensorceleuse, la désinvolte. Marie-Jeanne aux lèvres boudeuses, aux seins de pommes vertes, au rire fluide et translucide. Marie-Jeanne l'inaccessible silhouette d'une toile de Monet...

— Bien sûr que non. C'est une amie d'enfance, de circonstance.

— Tu n'as plus onze ans, là !

— Je ne me sens pas bien, je veux me reposer. On reprendra demain.

Et je me referme aussitôt comme une huître ou une tortue qui réintègre sa carapace. Frappez, je ne vous répondrai pas. Frappez plus fort, je serrerai les lèvres jusqu'au sang. Je me renfrogne. Bras croisés.

— Avoue que tu l'as déjà embrassée !

— ...

— Lui as-tu offert un cœur en chocolat à la Saint-Valentin ?

— ...

— Boude tant que tu veux, du moment qu'on progresse...
Lentement, certes, mais tu t'étais jamais rendu aussi loin
dans cette scène. Et sans crise de panique en plus. J'ai hâte
de connaître la suite.

Elle ne me fera pas le coup de la courtisane ou de la
pédagogue avertie. Les éloges et le renforcement positif, je
connais. Quand je décide de me la fermer, je ne réplique
plus. Mutisme complet.

— Tu auras de nouveau la visite de Latendresse, cet
après-midi.

Cette phrase me transperce le cœur. Je multiplie les
efforts pour garder le contrôle de mes émotions. Il y a des
limites à la tolérance et aux accommodements raisonnables.
Je ne suis pas menteur, mais un brin impulsif. De toute
façon, je préfère me contredire plutôt que de laisser la rage
m'empoisonner. Alors je grogne entre mes dents : « Je veux
pas le voir, cet écœurant ! »

— On n'a pas le choix. Tant que l'enquête sera pas
résolue, il va te harceler.

— Je me souviens de rien. J'ignore tout des complots, des
contrats d'assurances, des sectes secrètes, des expériences
extraterrestres...

— Tu te remets à délirer. Repose-toi. Tiens, bois un peu
d'eau.

L'eau m'apaise. Je la sens se répandre dans mes veines,
éteindre le feu qui me dévore, qui couve encore en moi, qui
n'attend qu'un souffle pour embraser le réel.

Il aurait mieux valu que je meure, que je ne survive
pas au drame. Si au moins j'avais perdu la mémoire. Des
cris et des images insoutenables m'assaillent sans cesse.
Là, par exemple, si je ferme les yeux, je respire l'odeur de
l'automne. Je trotte dans les bois, et les sabots de mon cheval
réduisent en miettes les feuilles multicolores qui jonchent

le sol, produisant un crépitement sans fin, une symphonie macabre. Maudits sabots. Ils me martèlent le cerveau. Puis la scène d'un film me revient. C'est l'été, une plage sur le bord de la mer. Un homme enfoui dans le sable. Seule sa tête émerge comme un melon perdu. Un cheval fou arrive au grand galop et lui éclate le crâne sans même ralentir. Merde ! Je me repasse dix, vingt, trente fois la même séquence. J'ai beau ouvrir les yeux, me tenir la tête à deux mains... Marie-Jeanne, viens, vole, virevolte à mon secours. Je t'en supplie !

# 3

Quand les pompiers arrivèrent, le feu jouait à saute-mouton d'un bâtiment à l'autre. Grâce aux portes de derrière et à deux lances fonctionnant à plein régime, la plupart des chevaux avaient pu être sauvés. Les hennissements de ceux qui avaient eu moins de chance retentissaient dans la nuit et glaçaient le sang des secouristes. Aucun répit possible. Ils devaient à tout prix empêcher les flammes de dévorer les arbres avoisinants. Sinon la montagne entière risquait d'y passer.

Les ambulanciers vérifiaient l'état physique et psychologique des personnes étendues sur la pelouse. Leur vitesse de réaction et leur courage avaient été exemplaires. Crevées, elles avaient cédé la place aux professionnels. Le spectacle, déchirant et cruel, n'en était pas moins fascinant. Le plafond de l'écurie céda en premier, dans un craquement sourd. Puis ce fut le tour de celui du restaurant. Le manège intérieur était aussi condamné. Tout s'écroula finalement, comme un château de cartes. Mais lentement. Au ralenti. Avec en prime l'odeur répugnante du soufre et de la souffrance. Rien ne subsista, sauf les larmes de cendres qui poignèrent à la gorge et cristallisèrent à jamais l'horreur dans les veines des affligés.

C'était Jonathan, une recrue pompier, qui avait découvert le corps calciné ou plutôt le magma indéfinissable de ce qui avait déjà été un être humain. Le jeune homme, un costaud tout en muscles, avait d'abord ressenti un haut-le-cœur, puis sa tête s'était mise à tourner. Il dégueula son souper d'un seul coup. Les jambes flageolantes, il s'était dirigé vers son compagnon le plus proche à qui il était à peine parvenu à murmurer des sons inharmonieux. Mais, puisqu'il pointait d'un doigt tremblant une étrange masse et qu'il avait un teint franchement verdâtre, son collègue n'eut pas besoin d'explications plus précises. Il fallait suivre la procédure et avertir les services de police.

On contacta l'inspecteur chez lui, alors qu'il sirotait un pastis bien frais, comme l'appréciaient ses ancêtres français. Il se rendit aussitôt à l'écurie, ou plutôt à ce qu'il en restait. Il n'avait pas pris le temps de revêtir son uniforme et se présenta donc en bermuda, t-shirt et espadrilles rouges. On lui fit un bref résumé de la situation, puis on lui montra le cadavre. Deux pompiers avaient parié sur la réaction de Théoret, mais le vieux routier en avait vu d'autres, et son estomac resta bien accroché. Pendant que l'un remettait un billet de vingt dollars à son collègue, Théoret questionna le gérant du centre équestre. Deux personnes manquaient à l'appel. Théoret grimaça... Dans la petite municipalité, tout le monde se connaissait. Une adolescente et le veilleur de nuit.

— Est-ce que Villeneuve est au courant ?

— On l'a joint à Toronto. Il rentrera aux petites heures dans son avion personnel. Il a laissé un message pour vous.

Théoret y jeta un œil et le glissa dans sa poche. Du Villeneuve tout craché ! La moitié des habitants de la municipalité travaillaient pour cet homme d'affaires, qui se donnait des airs de Robin des bois, mais régnait sur le village en grand seigneur. Qui peut se permettre, de nos jours, d'occuper ses dimanches matins en organisant des chasses à courre sur son domaine ?

Les ambulanciers évacuèrent le corps. Théoret eut un entretien avec le capitaine des sapeurs. L'incendie s'était répandu à une vitesse fulgurante. Il fallait écarter la théorie de l'incident malheureux, d'une allumette échappée, d'un pétard mal éteint. Quelqu'un avait mis délibérément le feu. Mais dans quel but ? Rayer l'écurie de la carte ou camoufler un meurtre ?

— Des traces d'accélérant ?

— De l'essence, sans doute, précisa le pompier, en ramassant les restes d'un bidon fondu.

Théoret se méfiait des évidences qui percent les yeux sans discernement. Où se terrait le disparu ? Son seul témoin, peut-être. Son principal suspect pour l'instant. Avait-il fui dans la montagne ? L'avait-on enlevé ? Théoret pressentit que Desautels ne serait pas facile à retrouver. Cinq ans auparavant, une spectaculaire chute de cheval avait mis fin à la carrière de cet avocat chevronné et affecté irrémédiablement son cerveau. De prime abord, il tenait un discours presque normal. On pouvait discuter avec lui sans problème. À force de le côtoyer, on percevait mieux ses décalages, ses regards biaisés sur la réalité. Il lui avait fallu plus d'une année pour retrouver une certaine autonomie. Depuis, on lui avait attribué le poste symbolique de veilleur de nuit, même si en fait il passait ses journées entières à glander dans l'écurie. Il avait dû paniquer au moment de l'incendie, et personne ne lui avait prêté attention. Où était-il allé se réfugier ? Théoret jeta un œil aux alentours. Des kilomètres de sentiers et de forêt. Une aiguille dans une botte de foin, se disait-il, en chassant aussitôt cette pensée. L'image n'était vraiment pas de circonstance.

# 4

J'aime faire semblant de dormir. Devant un public, bien entendu, généralement une personne intime qui a accès à mon lit. J'ignore lequel de mes ancêtres m'a transmis ce goût du jeu, mais je lui en suis reconnaissant. Une de mes astuces les plus crédibles consiste à simuler un léger soubresaut dans un bras. Je suis très convaincant ! La respiration s'avère aussi capitale. Lente, régulière, sereine. Évidemment, il faut éviter de rire ou de sourire. Surtout ne pas ronfler. À moins d'être très talentueux et d'avoir du métier. À mon chevet depuis vingt minutes, Latendresse fait preuve d'une patience inouïe. Il doit mijoter un plan machiavélique. Je soulève subrepticement une de mes paupières pour voir ce qu'il fabrique. Lit-il ? Tente-t-il de prédire l'avenir dans le vol saugrenu d'une mouche qui heurte violemment la réalité, d'un mur à l'autre de ma chambre surchauffée ? Pense-t-il à ses vieux péchés ?

— Je vous ai vu frémir du sourcil, Desautels.

— J'suis pas aubergiste ! enchaîné-je, avant de contempler le visage ahuri de Latendresse, qui n'entend rien aux associations d'idées.

C'est un psychiatre sans costume, sans manières et sans scrupules. Mais perspicace. Il porte habituellement un jean, une chemise de coton, un blouson de cuir noir et un tatouage sur la nuque. Il conduirait une Harley Davidson que je n'en serais pas étonné. Le savoir-vivre et la courtoisie, il les a entreposés chez ses parents lorsqu'il a claqué la porte du domicile familial à dix-huit ans. Quand je lui ai demandé comment il avait payé ses études, il m'a fait un doigt d'honneur et m'a conseillé de me mêler de mes affaires. Il n'est pas très doué pour les relations humaines, et la rectitude langagière n'apparaît pas dans la liste de ses préoccupations. D'ailleurs, est-il vraiment psychiatre ?

— J'aime pas ta façon de me dévisager, Desautels. L'habit ne fait pas le moine.

— Mais l'habitude fait le patrimoine.

Je déteste les proverbes semés à tout vent. Pour ma part, je préfère les détourner, c'est plus créatif. Et eux, ils en redemandent. Imaginez, se voir offrir une nouvelle vie sur un plateau d'argent ! De clichés, vous devenez aphorismes originaux. C'est inespéré ! Sans l'ombre d'un doute, Latendresse voue un culte aux phrases préfabriquées. Tiens, ça doit faire quelques jours qu'il ne s'est pas rasé. Il ressemble de plus en plus aux truands des films de Sergio Leone. En moins sale, évidemment. Sous ses allures de bum de bonne famille, il me fout la trouille. Lorsqu'il parle, ses mâchoires broient les consonnes comme si elles étaient des noix de cajou. Il a aussi tendance à péter sa coche pour rien. Il serre alors le poing droit et le cogne violemment contre la paume ouverte de son autre main. Ses paroles, ainsi ponctuées, génèrent d'inquiétants sous-entendus.

— Si on reprenait notre conversation d'hier, Desautels ?

Je fanfaronne pour cacher mes craintes.

— Vous m'avez rendu visite, hier ?

— Fais pas l'imbécile !

Je ne vais quand même pas lui avouer que je remâche ses foutues questions depuis que je suis cloué à ce lit. Ce serait lui accorder trop de crédit et d'influence. Surtout que les réponses, je ne les connais pas ou, à tout le moins, les refoule bien loin dans le labyrinthe de mon inconscient.

— Et nous avons parlé de la pluie et du beau temps, je suppose ?

Lorsque Latendresse lève la main, j'effectue un mouvement de recul et m'enfonce dans mon oreiller. Je suis nettement plus peureux que masochiste. Il rigole de ma méprise et, l'index droit comme un « i », m'invite à patienter un peu.

— J'avais prévu le coup.

Ce qui ne me rassure pas du tout. Mais il sort de son blouson trois ou quatre feuilles, passablement chiffonnées, et en entreprend la lecture. Une puissante odeur indispose mes narines. Il a dû manger de la fougasse ou de la pizza aux escargots et fleurs d'ail pour dîner. Non, c'est trop raffiné pour lui. De la salade César, des crevettes ? Probablement des pâtes.

— « Samedi soir, j'étais dans ma chambre, seul... »

— Vous avez dû vous ennuyer.

— Non, c'est toi qui parles, moi, je lis ce que tu as déclaré à la police. Tu permets, je continue. « Samedi soir,...

— ...j'étais dans ma chambre, seul... »

— Tu t'en souviens, alors ?

— Ma mémoire à très court terme est infaillible.

Latendresse n'a de tendre que son nom. Il bondit sur ses pieds, me donne une tape amicale sur la cuisse, ce qui me fait hurler de douleur. Mes bandages n'atténuent en rien la force de l'impact sur mes blessures. Il se rassoit. Chacun apaise ses pulsions comme il peut.

— ...à 20 h 05, Marie-Jeanne me téléphone. À 21 h, nous sommes à la discothèque. À 23 h, nous revenons à l'écurie et nous passons une vingtaine de minutes dans le fenil. » Là franchement, je comprends pas. Pourquoi tu l'as pas amenée chez toi, abruti ? Un lit, c'est beaucoup plus moelleux que de la paille et du foin. Au fait, elle baise bien, la garce ?

— J'ai jamais couché avec elle, rugis-je à mon grand étonnement.

Ai-je déjà couché avec quelqu'un, d'ailleurs ? Mais je n'insiste pas là-dessus. J'ai des illusions à maintenir. Je ne dis pas que je n'aurais pas aimé ça, ni que je n'ai pas un peu essayé non plus. Marie-Jeanne m'aimait bien comme copain, un point c'est tout. Elle ne se sentait pas prête à sacrifier notre amitié pour humecter nos intimités. Une façon comme une autre de m'envoyer promener. Avec élégance et sensibilité.

— Tu penses pas que je vais gober ton histoire. Moi, je crois que tu lui as montré ta quéquette et qu'elle a été prise d'un fou rire incontrôlable.

— J'ai pas une petite queue.

— Et ses seins. T'as voulu pogner ses tontons, mon co-chon. Elle a les tétines roses ou brunes ?

Latendresse est l'incarnation même de la vulgarité. Voilà sans doute pourquoi je le déteste autant ! Je l'imagine miso-gyne, obsédé sexuel et peu délicat avec les dames. Je ne vais pas lui révéler que Marie-Jeanne m'a cassé les oreilles avec ses « François par-ci » et « François par-là », sur le ton de l'ingénue en pamoison devant son idole. De toute façon, Latendresse ne m'écoute pas. Il veut me faire réagir, me pousser à bout. Mais là, c'est lui qui s'emporte.

— Et son cul, elle le trémousse comment son cul ? Hein !

— Calmez-vous, Latendresse, vous allez éjaculer dans votre pantalon.

Un peu de salive coule à la commissure de ses lèvres. Il se relève. Je n'ai pas besoin d'horloge pour savoir que je vais passer un mauvais quart d'heure. Il s'avance, le poing martelant son autre main avec force.

— J'vas t'enlever le goût de baver, mon tabarnak. Aux grands maux, les grands remèdes.

Pourquoi suis-je né avec le gène du sarcasme ? Mon père... Tiens, c'est étrange que je pense à mon père au moment où... Face à la douleur, je ferme habituellement les yeux. Dans les dessins animés, on aurait jadis descendu une toile pour censurer les images de violence et ajouté une bande sonore amusante. Mais là, c'est moi qui risque de me faire descendre. Je prie pour perdre conscience au premier direct en plein visage, mais Latendresse, en contrôle de la situation, retient son enthousiasme et sa puissance afin que je puisse savourer plus longtemps ses leçons d'humilité. J'arrête de compter après trois...

Bien assis sur Pégase, je saute de nuage en nuage. L'enivrement de la vitesse. L'exaltation du vertige. La sensation de flotter dans les airs. Pégase disparaît, mais je vole toujours. Je me suis fabriqué des ailes comme Icare, avec des plumes d'aigle collées à la cire sur mes bras que j'agite sans relâche. Soudain, mon bras gauche se disloque comme j'approche du soleil. Erreur de jugement. Prétention humaine qui cherche à défier le cosmos. L'intense chaleur fait fondre la cire, et je perds mes plumes les unes après les autres. Je chute. Le grand froid intersidéral me sidère, et la gravité terrestre me terrasse. Je vais bientôt entrer en contact avec le sol après une descente de plusieurs milliers de kilomètres. J'avale un liquide chaud, qui goûte le sang et l'acier. Je me prépare à l'impact fatal d'un instant à l'autre. Finalement, je reprends connaissance.

Latendresse est toujours là. Tout sourires. Il s'excuse de m'avoir tordu le bras. Il ne me pensait pas si fragile. Il a peut-être bon cœur après tout. J'ai tendance à voir le côté charitable des gens, à magnifier leurs qualités, à vanter leur mérite. Je n'apprends pas d'une fois à l'autre. Pavlov ne serait pas fier de moi.

Latendresse me montre ses trois dents en or, qu'il a fait poser à la suite de trois bagarres différentes. Il sort de la poche intérieure de son blouson un petit objet métallique qu'il glisse dans sa main. J'aurais dû me méfier de ce regard sournois. Tel un habile prestidigitateur, il attire mon attention en bougeant les doigts de sa main gauche, puis me frappe violemment du poing droit. Mâchoire décrochée. Fondu au noir.

# 5

Théoret gara sa voiture de fonction derrière la Jaguar sport vert émeraude de Villeneuve. On discernait, de l'autre côté du lac artificiel, une légère brume à moins que ce ne soit les dernières volutes de fumée qui s'échappaient des cendres de l'incendie de la veille. En cette heure matinale, les oiseaux babillaient déjà. « Je veux savoir dès que vous avez confirmation », lui avait intimé monsieur Villeneuve. Théoret sortit de son véhicule et aperçut le quinquagénaire qui se berçait sur la galerie, le regard perdu au loin.

Toute la nuit, Villeneuve avait ressassé les événements dans sa tête. Pourquoi la colère de Dieu s'était-elle abattue sur lui de façon aussi cruelle ? Où avait-il péché ? Quelle erreur avait-il commise ? Il savait qu'il ne reverrait plus sa petite Marie-Jeanne, celle à qui il avait appris à marcher, à parler et à monter à cheval. Celle qui incarnait la fragile beauté de l'innocence puérile. Lorsqu'il lui lisait des contes, petite, il insistait toujours sur l'ingéniosité des enfants plutôt que sur la dangerosité des ogres et des loups. Se serait-il trompé ? Aurait-il dû la mettre davantage en garde contre la monstruosité des êtres humains ? Lui apprendre à se méfier de tout et de tout le monde ? Mais docile, Marie-Jeanne le suivait dans son univers tordu où la jeunesse mûrissait trop vite, surmontait les obstacles d'un simple claquement de doigts et s'affranchissait des lois et des tabous. Quand avait-elle cessé de l'aduler ? C'était lui, le naïf. Comme si elle ne devait pas vieillir et comprendre. Faire ses propres expériences, commettre des bêtises. S'abandonner et souffrir.

Il s'était si souvent enorgueilli de sa progéniture. Il n'avait pas cherché à mettre à jour le portrait idéal qu'il s'était forgé de cette enfant. Maudite adolescence ! À seize ans, Marie-Jeanne habitait un corps de femme et se trouvait confrontée à des pulsions dont personne ne lui avait jamais parlé. La haine. La violence. Quelque chose s'était rompu entre eux. Une digue de sang et de rage. Lorsqu'on assiège une forteresse à coups de bélier, on finit par payer le prix de son entêtement et de son arrogance.

Marie-Jeanne avait troqué l'innocence puérile pour l'impertinence ravageuse. Invulnérable, elle circulait au centre du monde sans égard pour les fleurs et les insectes qu'elle détruisait sur son passage. Irradiante. À l'origine des tremblements de l'écorce terrestre, de l'impétuosité des mers et des océans. Sa présence sur Terre n'aura été qu'évanescence, un point lumineux dans l'engrenage des constellations.

Aux premières lueurs de l'aube, Villeneuve s'était accroché à un futile espoir. Et si elle avait fugué ? Si elle s'était réfugiée à des kilomètres de son désarroi ? Comme si la distance pouvait effacer le passé ! Dans un corps humain, combien de centimètres séparent le cerveau du cœur ? Il ne lui en voudrait pas. Il lui pardonnerait ses égarements, ses excès. Il lui tendrait la main de nouveau. À moins qu'elle n'ait jeté son dévolu sur un autre homme ? Qu'elle ait concocté cette mise en scène tragique pour échapper à son emprise ? Non, non. Il paniquait. Il perdait ses esprits. Elle avait déjà quitté le nid familial et, lui, avait dû changer de reine. À son corps défendant.

Les paupières lourdes de sommeil et d'introspection funeste, Villeneuve prit un certain temps avant de déceler la présence de Théoret.

— C'est bien elle, murmura l'inspecteur.

Villeneuve hocha la tête et accepta les condoléances de Théoret. Il fallait maintenant penser à l'avenir, à la réputation de la famille, à l'image de la compagnie. Dans le temps de le dire, le matou résigné s'était métamorphosé en lion enragé.

— Vous allez retrouver le salaud qui a fait ça, Théoret. Je veux le buter de mes propres mains.

Théoret s'interdit de répliquer quoi que ce soit. Face à la douleur insoutenable, rien ne sert de gaspiller sa salive. La vengeance a beau être mauvaise conseillère, qu'est-ce que Théoret avait de mieux à offrir dans les circonstances ?

— Voulez-vous que j'informe votre épouse ?

Villeneuve refusa. Il s'en occuperait lui-même. Il savait comment lui présenter les choses, quelles paroles prononcer, quels gestes poser. Il craignait aussi sa réaction. Elle n'était pas dupe de son ascendant sur ses filles. Mais se tairait-elle encore bien longtemps ? Théoret promit de résoudre rapidement cette triste affaire et repartit. La brume progressait maintenant sur le lac.

Villeneuve se rendit dans la cuisine et se versa un énième café. Sa femme s'était endormie sur le canapé. Il la réveilla délicatement et la serra dans ses bras. Les mots qu'il lui susurra dans le creux de l'oreille la révoltèrent. Elle le repoussa, grimpa l'escalier en courant et, à défaut de sables mouvants, s'enfouit sous les couvertures de son lit. Elle se remit à pleurer. Il lui faudra bien des saisons avant d'apaiser sa peine, sa honte et sa lâcheté.

# 6

J'ai connu plusieurs psychiatres et psychologues, mais Latendresse me paraît un cas singulier. Je le tiens pour imprévisible, dangereux, démoniaque. Est-ce une stratégie déstabilisante cautionnée par de grands bonzes de l'étude du comportement humain ? Je l'ignore. Sauf qu'il est là, devant moi, avec sa gueule de brute blasée et ses propos barbares. Il me voudrait plus collaborateur. Mais je suis de la résistance. Je fais sauter les ponts. Je m'en prends ouvertement à l'ennemi. Même si ça me vaut des douleurs aux gencives.

— Écoute, le freluquet. Va falloir qu'on progresse, parce qu'on pourra pas te protéger encore bien longtemps.

— Avec une protection pareille, aussi bien me faire hara-kiri tout de suite.

— On subit la pression du ministre de la Justice, de trois ou quatre hommes d'affaires influents, sans compter les journalistes. Le directeur de l'hôpital est à la veille de m'imposer des vacances prolongées. Alors oublie l'ironie et arrête de jouer au fou. Ça fonctionne peut-être avec garde Mailloux, mais pas avec moi.

— Je veux parler à mon avocat.

Le truc de l'avocat, ça marche toujours à la télé, j'aurais dû y penser plus tôt. Est-ce que j'aurai droit à l'aide juridique, à un procès équitable ?

— Il y en a déjà trois qui travaillent pour toi à temps complet.

Ça me laisse pantois. Bon Dieu, qui les paye ? Je dois être devenu important en diable pour mériter un tel traitement.

— Qu'est-ce que je fais à l'hôpital?

— Selon les médecins, t'as subi un traumatisme... torride. Presque 65 % de la surface de ton corps a brûlé, parfois jusqu'au derme. État de choc. Crise de nerfs. Confusions chroniques. Depuis, tu mélanges des parties de ta vie avec des films que tu as vus ou des livres que tu as lus. T'as la cervelle en compote, mon vieux.

— Et qu'est-ce qu'on me reproche ?

— Ostie que t'es bouché !

Merde, je ne me souviens de rien. Bon, de presque rien. Il faut que je me calme. Et toute cette gaze sur mon corps qui m'empêtre. Et ces démangeaisons ! Je me frotterais bien le dos pendant une heure ou deux contre l'écorce d'un chêne. Latendresse me paraît vraiment excédé. Il rumine je ne sais quoi.

— Je t'ai tout expliqué hier, sacramant !

— Répète-moi l'essentiel.

On se tutoie comme si on avait partagé les mêmes bactéries dans un centre de la petite enfance. Il fouille dans ses poches, en sort son paquet de cigarettes et son briquet. Cet illuminé ne va quand même pas fumer à l'hôpital ! Il approche son briquet de mon visage, l'actionne, passe et repasse la flamme devant mes yeux apeurés. Mes pupilles se dilatent. Mon sang circule à toute vitesse dans mes artères. Je ressens des picotements aux bras et aux jambes. Il plonge son regard de lynx dans mes yeux de faon affolé. Chercherait-il à contempler la texture charbonneuse de mon âme ?

— Comment s'appelait ta jument, déjà ?

Brusque changement de sujet. Il éteint son lance-flammes. Comment accorder sa confiance à un médecin aussi atypique ? Il m'a déjà fait le coup de l'illusionniste. Là, il me prépare un mauvais tour à sa façon. Mais je serais bien en peine de dire lequel.

— Éclipse, ai-je murmuré.

Et lui, stoïque, m'informe qu'elle n'est plus de ce monde. Il se penche au-dessus de moi, me saisit par le torse, me soulève presque entièrement de mon lit. Une plume, je ne pèse qu'une plume pour ce mastodonte. Notre conversation se poursuit nez à nez. Je constate que Latendresse élève la voix.

— Ben, elle s'est éclipsée. Brûlée vive, comme deux autres chevaux.

— Impossible, il y a plus de gicleurs que d'abreuvoirs dans cette écurie.

— Ah ! C'était ça ton idée. Mettre le feu puis compter sur les gicleurs pour l'éteindre.

— J'ai pas mis le feu, j'ai pas mis le feu, j'ai pas mis le feu, j'ai pas mis le feu, j'ai pas mis le feu, j'ai pas mis le feu...

Ce n'est pas une lacune de vocabulaire ni une incantation magique destinée à faire fuir l'ennemi. Quand je m'énerve, je ressemble à un vieux disque qui saute et répète inlassablement le même passage. Je martèle Latendresse de mes poings fermés. Comme je manque de puissance, je mise tout sur la vitesse de mes bras. Garde Mailloux entre au même moment. La scène doit lui faire penser à une séquence du film *Le retour des morts-vivants III*. Tiens, garde Mailloux a les yeux pleins d'une rage qu'elle semble vouloir déverser sur son collègue. Lui s'en fout éperdument. Il rigole. Ma protectrice m'injecte un produit dans l'épaule, m'assurant que je vais me sentir mieux. L'effet est instantané. Je rêve.

J'hallucine. Je deviens Ramsès II et je combats les Hittites devant la forteresse de Kadesh.

## 7

Sur la route qui le ramenait au cœur du village, Théoret réfléchissait à l'étrange attitude de Villeneuve. Une fureur plus ou moins sincère, légèrement affectée pour tout dire. Comme un acteur qui pèche par démesure et qui s'enlise dans la médiocrité. Et surtout, Théoret, malgré le respect qu'il démontrait à son entourage, détestait être aiguillonné de façon peu subtile sur des pistes de solutions à envisager dans ses enquêtes ou, pire encore, qu'on transforme des hypothèses en certitudes. Il connaissait son boulot, merde ! Lui et lui seul déterminerait ce qui s'était vraiment passé dans le fenil.

Villeneuve ne lâcherait pas facilement le morceau. Il allait sûrement convoquer un conseil de famille. On ne s'attaque pas aux gens de son espèce sans en subir les conséquences. Ils ont la fibre familiale tricotée serrée, la solidarité poussée à son paroxysme et un curieux sens de la justice. Quand on a les moyens de tout se permettre...

Théoret s'attendait à voir surgir sous peu un ou deux détectives privés dans les parages. Il ne serait pas étonné non plus que des armoires à glace, comme celles qui conduisaient les machineries lourdes de la compagnie mère de Villeneuve, interrogent à leur façon quelques habitués de la place. Quand on gère des entreprises multimillionnaires, on casse régulièrement des œufs. On empile des squelettes dans ses placards. Et on vote du bon bord aux élections. On ne souhaite pas se retrouver à la une de *Allô Police* toutes les semaines !

Dans la bicoque qui lui servait de quartier général, Théoret inscrivit sa priorité au tableau noir : dénicher son suspect avant que le père de la victime ne lui mette le grappin dessus. C'était une question de vie et de mort. De justice aussi. Théoret avait perdu presque toutes ses il-lusions en vieillissant, mais il demeurait fidèle à son éthique professionnelle. Au-delà des égards pour la veuve et l'orphelin, il croyait encore en la vérité, quitte à devoir aller la repêcher, s'il le fallait, dans un lac de boue. Avec les immondices qui l'accompagnent. Et là, Théoret pressentait que son enquête allait déraper, qu'elle prendrait une dimension politique, sociale et économique, qui risquait d'affecter le train-train quotidien de ses concitoyens qui, eux, l'abandonneraient dès la première embûche. Ils avaient beaucoup trop à perdre. Ils s'accrochaient à leur salaire de famine comme à une bouée de sauvetage. Peu importent les grands principes, l'équité intergénérationnelle et les fluctuations de la Bourse, dès que leurs emplois seraient en jeu, ils prendraient fait et cause pour leur patron, tout intransigeant et corrompu soit-il. Pouvait-il leur en vouloir ?

L'inspecteur, qui n'avait pas l'habitude de se lever en même temps que le soleil, avait sauté le petit-déjeuner. Il décida de retourner chez lui et d'ingurgiter son traditionnel bol de céréales. En fait, il mélangeait, selon un savant dosage, ses trois sortes favorites : l'une reconnue pour sa teneur en fibre, l'autre pour sa texture croustillante et la dernière pour son apport en sucre. Il ajoutait parfois une demi-banane, coupée en fines lamelles, ou des fraises, pour la couleur. Le tout arrosé d'une généreuse portion de lait écrémé.

Lorsqu'il entra à la maison, Éléonore, son épouse, déposait une pincée de flocons à la surface du bocal de poissons rouges. Les minuscules animaux se jetèrent sur cette nourriture comme s'ils n'avaient pas mangé depuis des mois. Des piranhas en auraient profité pour s'entredévorer, songea Théoret. Pourquoi avait-il la conviction profonde que les hommes d'affaires étaient encore plus voraces ? Il embrassa sa tendre et douce sur la joue, puis se dirigea vers la cuisine. Il avait moins envie de boire un café que de moudre des grains et de faire un boucan d'enfer avec le moulin. Il activa l'appareil et contempla le tout se désagréger jusqu'à ce qu'il ne reste plus qu'une fine poussière odorante.

# 8

Quelle vie exaltante que celle des pharaons, malgré les plaies d'Égypte, les scorpions, le poids des millénaires et les ennemis aux portes du royaume ! Après avoir fauché des milliers de vie au combat, je mérite un peu de repos. C'est du moins l'avis de garde Mailloux, qui me ramène à la réalité. J'ai suffisamment dormi et rêvé. Elle insiste pour que je reprenne mon récit, même si je ne sais plus où j'en suis. Qu'importe, on établira l'ordre des épisodes une fois qu'on les aura transcrits, m'explique-t-elle. Je me braque. Pas si l'autre zoulou est présent. Je crois qu'elle a apprécié le nom que j'ai attribué à Latendresse. Elle me rassure. Il est parti visiter un autre patient. Le pauvre !

— Je t'ai apporté des bonbons à la menthe.

Mes préférés. Je me laisse dorloter et gâter comme un nourrisson. J'apprécie toujours ce genre d'attention à mon égard. Et si, pour plaire à garde Mailloux, je faisais intervenir un nouveau personnage ? Une idée, vite... Ah ! oui.

— Je vous ai parlé de monsieur Villeneuve ?

À voir sa mine abasourdie, je ne lui en avais pas encore glissé mot. Pourtant un cerveau aussi ingénieux, un inventeur à l'âme de poète, ça ne court pas les rues. Grand, maigre, sûr de lui, visage émacié, regard de faucon. Le genre d'individu à porter des caleçons longs, hiver comme été, puisque ce qui garde le chaud garde le froid. À cheval, il se mouche en écrasant du doigt une narine et en expulsant l'air brusquement de l'autre, avec l'élégance d'un gentilhomme. C'est aussi le propriétaire de l'énorme maison blanche sur la butte de l'autre côté du lac, sa principale résidence secondaire. La première fois que j'y ai mis les pieds...

— *Entre, il ne va pas te manger.*

*Je n'avais jamais pénétré dans une maison aussi imposante. Devais-je enlever mes bottes ? Aller saluer les maîtres de la maison ? Chuchoter pour ne pas les déranger ?*

— *Papa, crie Marie-Jeanne, je vais montrer la chambre des gars à Benoît. Il ne croit pas aux trois lits superposés.*

— Je me demandais depuis le début si tu allais utiliser un pseudonyme ou ton vrai prénom ?

— Benoît, c'est mon deuxième prénom.

— C'est vrai que Jules...

Pourquoi mes parents m'ont-ils appelé Jules ? Plus vieillot que ça, tu meurs ! Et dans la cour d'école, c'est toujours « JUUUULES » ou « Jules la mule » qu'on entend. Et Jules, c'est le copain de Cléopâtre. Alors que, moi, c'est Marie-Jeanne que je désire...

*On monte l'escalier qui conduit à l'étage, bottes aux pieds. Marie-Jeanne jette un œil dans la chambre des garçons et me sourit.*

— *Ouf, ils ont fait le ménage !*

*Un monticule de vêtements couvre le tiers de la pièce. Des revues et des disques gisent pêle-mêle sur la commode ; des médailles et des trophées ornent une tablette, près de la fenêtre. Mon regard se porte bien vite du côté des trois lits superposés, dont les couvertures ont été négligemment replacées, accotés contre le mur du fond.*

— *Mais y a pas suffisamment d'espace pour coucher quelqu'un dans les deux lits du bas !*

*Marie-Jeanne éclate de rire.*

— *Les lits pivotent autour du poteau, imbécile !*

*Et, d'une simple poussée, elle déplace le lit du bas sur l'autre mur.*

— *C'est génial !*

— *Oui, c'est une idée de mon père.*

— Et pourquoi elle t'a pas montré sa chambre ?

— Ben, parce que ça s'est pas passé comme ça.

— Tu aurais aimé qu'elle t'amène dans sa chambre ?

Là, je prends conscience que garde Mailloux pose les mêmes questions que Latendresse, mais de façon plus délicate ou insidieuse. Avec le doigté féminin. Sous le couvert de l'innocence, qui cache en réalité une curiosité malsaine. Je fais comme si je n'avais pas compris. Je passe du coq à l'âne. M'écoute-t-elle vraiment ?

*Marie-Jeanne est avec son père et moi dans le garage converti en atelier, derrière la maison.*

— Tu viens de changer de scène, là ?

— Changement de temps et de lieu.

— Elle se déroule avant ou après l'autre ?

— Je n'en ai pas la moindre idée !

*Monsieur Villeneuve m'a pris en affection. Il me fait visiter sa propriété.*

— *Et devine ce que je fabrique de toutes les feuilles qu'on ramasse à l'automne ?*

— *Du compost ?*

— *Non, trop facile. Moi, j'en refais des feuilles.*

*Je me tourne vers Marie-Jeanne, qui simule le geste d'écrire.*

— *Le procédé n'est pas encore au point, car le papier demeure très friable et ne dure pas très longtemps. De plus, il est d'un brun un peu dégoûtant. Ma femme l'utilise pour ses listes d'épicerie ; les enfants, comme feuilles brouillons pour leurs devoirs; moi, pour dessiner les croquis de mes inventions ; le chat...*

— *Papa, tu devais nous expliquer ta plus récente trouvaille.*

— *C'est vrai. Voilà, dit-il en pointant du doigt un énorme tas de fumier sous une cloche de verre.*

*Eh bien! Mon beau-père par anticipation a élaboré un procédé pour convertir ce mélange d'excréments et de paille en combustible pour chauffer sa maison et son réservoir d'eau. Et sans la moindre odeur gênante.*

— *C'est... incroyable !*

— *C'est révolutionnaire. Et je suis sur le point de concevoir un capteur d'énergie solaire basé sur le principe des capteurs de rêves des Amérindiens.*

— *Et qui servirait à quoi ?*

— *À faire rouler les voitures sans dépenser un sou ni contaminer l'environnement.*

— Tu n'exagères pas un peu ?

— J'avais du mal à y croire moi-même, mais il m'a montré ses plans et expliqué sa théorie. J'ai rien retenu, mais...

— Et tu l'as revu souvent, monsieur Villeneuve, par la suite ?

Nouveau silence. Bien sûr. Toutes les fins de semaine à l'écurie.

*Depuis que je sais où va la merde que j'enlève des box, je fais un tri encore plus minutieux. Mon travail matinal sert à tenir ma dulcinée au chaud.*

*Tous les samedis matins, je selle personnellement la jument de monsieur Villeneuve, qui la monte pendant une bonne heure. Je m'efforce de bien paraître et j'en profite pour lui parler de ses passions. D'habitude, il est bavard comme une pie, mais cette fois-là...*

— *Vous en êtes où avec votre capteur d'énergie solaire ?* questionné-je en gendre potentiel un peu téteux.

— *C'est encore à l'état embryonnaire.*

*Marie-Jeanne a surpris la fin de la conversation.*

— *Avoue-lui donc que c'est une blague.*

*Là, franchement, je suis déçu. Lui aussi se moque de moi. La liste des gens qui abusent de ma sympathique bouille d'abruti ne cesse de s'allonger. Je crois spontanément à tout ce qu'on me raconte. Par candeur. Par plaisir. Par respect. Je n'imagine pas qu'un adulte puisse mentir.*

— *Et si, pour me faire pardonner, je l'invitais à participer à une séance de cinéma maison en ta compagnie ?*

*Marie-Jeanne change du tout au tout. Un orage subit. Avec grêlons, arbres déracinés et pannes de courant. Elle gifle son père, qui ne réplique pas.*

— *Plus jamais !* explose-t-elle d'une voix semblable à celle d'un personnage possédé dans le film L'exorciste.

*Elle s'en retourne aussitôt. Les talons de ses bottes claquant fermement dans l'allée centrale. Dépité, Villeneuve s'égare un peu plus dans ses pensées. Il fixe un point situé à des années-lumière dans sa mémoire. Il murmure pour lui-même.*

— *Toute jeune, elle était mignonne et cajoleuse. Il a suffi que la nature la rattrape pour que tout se dérègle.*

Garde Mailloux n'écrit plus. Elle réfléchit. Elle décide de clore pour l'instant mes envolées narratives.

— C'est l'heure de tes soins. Il faut changer tes bandages. Est-ce toujours aussi pénible ?

Insupportable, oui ! Afin de calmer mes douleurs, on m'injecte un produit expérimental. Comme je n'en connais pas d'autre, j'ignore s'il est efficace. Et on me noue un foulard sur les yeux. Il ne serait pas approprié, pour le moment, que je voie les lésions et les cloques qui me tatouent le corps.

Je deviens fébrile. J'anticipe le moment où l'on défait mes bandages avec crainte. Le tissu colle sur les plaies et tire la chair. C'est douloureux. J'imagine qu'on m'arrache la peau, qu'on me dépouille de mon enveloppe corporelle. Je deviens plus nu qu'un ver. Je suis un être à vif, poursuivi par le souffle enjôleur du dragon. C'est mieux que de macérer dans mon pus, prétend mon infirmière !

## 9

L'équipe de Théoret se composait de cinq personnes, y compris la réceptionniste. Pour effectuer une battue, il devait se tourner vers la population. De nombreux bénévoles, la plupart travaillant de façon directe ou indirecte pour le clan Villeneuve, se présentèrent ce matin-là, anxieux mais déterminés à passer la montagne au peigne fin. Ils avaient obtenu le feu vert de leurs employeurs, qui encourageaient pour une fois l'activité physique pendant les heures de travail. Buissons, rochers, abris pour chasseurs, pas une cachette n'échapperait à leur vigilance.

Théoret n'était pas membre de la Gendarmerie royale du Canada, mais il savait monter à cheval. Deux groupes se formèrent : les patrouilleurs à cheval, près d'une vingtaine de cavaliers expérimentés, et les autres qui examineraient les environs et se chargeraient de l'eau, de la nourriture, des communications, des premiers soins...

La montagne, peu imposante en altitude, était tout de même sillonnée de plusieurs kilomètres de pistes, sans compter ses âcres de forêt sauvage. L'entrain du début fit place à un découragement légitime devant la tâche à accomplir. Celui qu'on cherchait était-il toujours vivant ? Avait-il déjà quitté le village ? S'était-il réfugié au sein d'une des nombreuses sectes qui poussaient en région comme de la mauvaise herbe ?

Théoret secoua ses troupes et annonça d'une voix assurée qu'on mettrait le grappin sur le seul témoin du drame avant le crépuscule. La fin de la journée lui donna raison. On dégota le fugitif dans une espèce de tipi constitué de branches d'arbre desséchées. Il était en aussi piteux état que son abri. Recroquevillé à l'intérieur, le pouce dans la bouche, il tremblait. Son regard trouble ne parvenait ni à fixer le réel ni à prendre conscience du branle-bas de combat autour de lui. On lui versa un peu d'eau dans la bouche, qu'il recracha aussitôt. Sa longue chevelure grise, nouée en queue de cheval, lui donnait davantage l'allure d'un sans-abri que d'un veilleur de nuit.

On appela les ambulanciers, lesquels refusèrent de se rendre sur les lieux. L'endroit paraissait peu carrossable, et ils avaient reçu l'ordre de relayer toute information concernant l'assassin de Marie-Jeanne à leur patron, un beau-frère de Villeneuve. Les arguments que Théoret avançait pour les faire changer d'idée se heurtaient à un respect hiérarchique implacable. Soudain, la deuxième ligne du cellulaire de l'inspecteur sonna. C'était son supérieur, Marc Dupont, qui lui assurait que les secours appropriés s'en venaient par voie aérienne. Au diable le manuel de procédure ! Quand les gens de pouvoir décident de prendre les choses en main, il n'y a rien à leur épreuve.

Théoret tenta de sortir le fugitif de la torpeur dans laquelle il s'était réfugié. L'inspecteur espérait lui soutirer quelques explications avant qu'il ne soit trop tard.

— Jules, c'est moi, Jean-Pierre. Tu te souviens, on a été à l'école ensemble ?

Il fallut de longues secondes à l'inspecteur pour que Jules Desautels daigne lui manifester un signe de reconnaissance.

— On n'a pas beaucoup de temps, Jules. Qu'est-ce qui s'est passé ?

Théoret lisait la terreur dans les yeux de Desautels, qui ne parvenait pas à faire une phrase complète et cohérente. Il nota scrupuleusement tout ce qu'il put en tirer. Desautels évoqua une rencontre avec Marie-Jeanne la veille de l'incendie, mais fallait-il accorder foi à ce souvenir ?

Puis un hélicoptère se posa, non sans avoir auparavant effrayé les chevaux qui broutaient dans une petite clairière attenante. Une femme et un homme en descendirent. On sortit une civière. Théoret revint à la charge.

— T'as touché à Marie-Jeanne ? C'est toi qui as mis le feu ?

Les nerfs de Desautels le lâchèrent à nouveau. Il retomba dans son état catatonique. Les brancardiers ne prirent pas le temps de se présenter. La femme injecta un produit au suspect, puis ils le ficelèrent sur la civière. L'homme demanda à Théoret s'il avait obtenu des aveux du témoin. L'inspecteur, glissant son calepin dans sa poche, secoua la tête. Desautels n'avait rien dit d'important.

— Je peux lire les notes que vous avez prises ?

— Il vous faudra passer par les voies officielles...

— C'est ce que nous ferons, inspecteur.

La conversation coupa court sur cette fin de non-recevoir. Desautels fut transporté dans l'hélico, qui décolla aussitôt, laissant Théoret se débattre avec un curieux paradoxe. Il était heureux, certes, d'avoir découvert son homme. Encore qu'il faudrait lui extirper des informations précises sur ce qui s'était passé à l'écurie. Ce qui l'inquiétait le plus pour l'instant, outre le bruit exaspérant des pales et le courant d'air puissant qui en résultait, c'était de voir dessiné le logo de la plus grosse compagnie de Villeneuve sur les portières de l'hélico. Il regrettait de n'avoir pu incarcérer son témoin au village. Il en aurait pris soin comme de la prunelle de ses yeux, même s'il ignorait les rudiments de l'ophtalmologie.

Sa mère lui avait enseigné jadis la recette d'une tisane capable de guérir à peu près n'importe qui de n'importe quoi. Les gens retrouvaient leur aplomb juste pour cesser d'en ingurgiter. Il aurait aimé en donner à Jules...

Théoret observa l'appareil s'élever dans le ciel, piquer légèrement du nez, puis disparaître à toute vitesse à l'horizon. Comme il se doit, l'inspecteur remercia tous les bénévoles et reçut leurs félicitations avec humilité et scepticisme. Il fallait ramener les chevaux au bercail. La fatigue a eu raison des blagues et des éclats de voix des secouristes qui revenaient à la file indienne, la peau couverte de sueur, de poussière et de compassion silencieuse. Théoret fermait la marche, le regard perdu dans les nuages. Il n'était pas paranoïaque de nature ni d'un pessimisme outrancier. Une pensée, cependant, tel le leitmotiv d'une mère poule, harcelait sans cesse son esprit : du haut des airs, un accident est si vite arrivé.

# 10

Une fois mes bandages enlevés, on me laisse tremper une bonne demi-heure dans un bain d'eau tiède. Pour le lavage de mes cheveux, on a besoin de renfort. Latendresse se porte souvent volontaire. Il me retient, pendant que garde Mailloux frotte avec vigueur. De la mousse se répand inévitablement dans mes yeux malgré le bandeau qui les recouvre. Je suis un peu nerveux, à cause du film *Psychose* de Hitchcock. Le fameux épisode de la douche. J'ai pris mon bain pendant des années par la suite. Maintenant, lorsque je suis sous la douche, je tends l'oreille une dizaine de fois pour m'assurer que personne n'entre dans la pièce. Mais avec les tympans inondés, on perçoit moins bien les bruits extérieurs et on devient ainsi vulnérable aux tueurs en série qui habitent un hôtel miteux, portent une perruque blonde et cachent un couteau de boucherie. Sans blague, je ne vais pas offrir mon corps à ces débiles sur un plateau d'argent. Alors je panique, me défends avec énergie et crains les détraqués urbains comme la bactérie mangeuse de chair. Ma raison ne peut rien contre mon cerveau reptilien lorsqu'il prend momentanément les commandes. Quand la tempête s'est apaisée, je m'excuse auprès de ceux envers qui j'ai manifesté mon mécontentement. Je sais vivre quand même. En fait, j'ai surtout peur des représailles.

Je dors une couple d'heures pour me remettre de mes émotions. Et je rêve, ou je cauchemarde, comme ce n'est pas possible. Cette fois, je suis une énorme guimauve, style monsieur Michelin, invitée à célébrer la fête nationale, à la belle étoile. Après le spectacle des chansonniers, c'est le feu de joie. Une dizaine de personnes, déguisées en cannibales d'une île perdue du Pacifique, me prennent en chasse et me transpercent d'une lance. Alors que je croyais mourir, je ne sens rien. Je souris béatement et m'étonne du degré de perfectionnement des effets spéciaux d'aujourd'hui. Telle une brebis sur sa broche, mes poursuivants me conduisent au camp où une foule hystérique les acclame. On me dépose au-dessus du feu, ni trop près pour que je m'enflamme ni trop haut pour que je ramollisse fadement. On cherche à me donner une tendre couleur caramélisée. Lorsque je suis à point, la foule s'avance vers moi, mains tendues, bouches ouvertes... Je me réveille en sursaut et me reproche d'avoir vu trop de films de zombies et de monstres. Latendresse et garde Mailloux, assis près de mon lit, me tapotent chacun une main.

— Désolé de vous avoir réveillé, Desautels, mais nous devons vous cuisiner encore un peu.

Je ferme les yeux un instant. Comme Ulysse, je tombe de Charybde en Scylla.

— Mais je vous répète que je sais rien !

— Votre antipathie à notre égard, depuis le début de cette affaire, vous dessert...

— Faites-moi plaisir, Latendresse, évitez les allusions culinaires.

J'ai l'art de déconcerter les gens par des remarques en apparence absurdes. Je sais pourtant, moi, combien elles sont judicieuses ! Garde Mailloux et Latendresse doivent me croire détraqué à leur tour. Rien de nouveau sous le soleil. Je suscite souvent la pitié autour de moi, ou la rage, et parfois même le dégoût. Certains ne peuvent me regarder sans frémir, sans imaginer des scènes où je ne tiens pas le beau rôle. Suis-je marqué de la peste ? Poserais-je des gestes équivoques ? Se peut-il qu'on détecte chez moi les signes d'un comportement agressif latent ?

Je ne crois pas avoir hérité le gène de violence de mon père. D'ailleurs, je ne me souviens pas d'avoir insulté ni blessé quiconque intentionnellement. Je ne fais de mal qu'aux mouches. Mais là, je possède un véritable don. Je les attrape au vol, dans un mouvement vif et naturel de la main. Lorsque j'en tiens une, je ramène la captive près de mon oreille pour l'entendre bourdonner. J'aime la sentir encore vivante, frissonnante, désespérée. Et je m'empêche de rire, même si les ailes diaphanes me chatouillent la paume. Je m'approche ensuite d'un mur, à environ un mètre. Puis, quand un silence relatif règne aux alentours, je propulse l'insecte de toutes mes forces contre l'obstacle érigé par l'intelligence humaine. Il en meurt d'habitude. Sinon, il titube, commet quelques vrilles et un piqué, puis heurte le sol. Il me suffit alors de marcher dessus pour lui éviter de souffrir davantage.

Mais ce que j'apprécie par-dessus tout est ce petit bruit sec de l'impact de la mouche contre le mur. Toc ! La mort frappe à la porte. Toc ! Je suis l'instrument de la mort ! Toc ! Le prolongement de son bras. Toc ! Le souffle du destin. La mouche, évidemment, n'a aucune idée de ce qui lui arrive. Au terme de l'aventure, je m'en lave les mains. Les mouches ont mauvaise réputation en ce qui concerne l'hygiène. Combien de fois par jour maman me frottait-elle les mains sous l'eau savonneuse ? Elle plaçait ma menotte entre ses deux énormes paumes et me frictionnait avec une vigueur et une dextérité réjouissantes.

— Hé ! bonhomme, reviens avec nous.

Latendresse ! Je l'avais oublié, celui-là.

— Nous allons mettre cartes sur table.

— Vous voulez jouer à la bataille ou au poker ?

Latendresse s'éclaircit la gorge. Il m'explique longuement pourquoi monsieur Villeneuve s'intéresse à moi, à mon confort, à mon avenir. Il m'offre un emploi trois fois plus payant que le précédent. Je pourrais devenir jardinier en chef du centre équestre. Les arbres, les fleurs, la pelouse, le sable, le lac... Je ne l'écoute plus. Fais signe à garde Mailloux de sortir son cahier et son stylo à encre verte. Il faut profiter des flashs quand ils se présentent à vous.

— *Alors, tu viens te baigner ?*

— *J'ai pas mon maillot.*

— *Abruti, qui parle de porter un maillot.*

*Marie-Jeanne enlève ses vêtements. Tous ses vêtements, et plonge dans le lac. C'est ainsi qu'il faut faire à minuit, me lance-t-elle, immergée jusqu'au cou. J'hésite. Par pudeur. Par bêtise. Par couardise. Les autres s'en viennent, m'indique-t-elle pour m'encourager. Quels autres ? Il ne me faut pas longtemps pour comprendre. Ses frères, sa sœur plus âgée, puis son père. Je prends mes jambes à mon cou et me terre dans l'écurie.*

Et je me tais. J'attends la réaction de mes deux tortionnaires. Latendresse me dévisage et s'apprête à me traiter de grand con. Il aurait profité de l'occasion, lui. Garde Mailloux m'a paru plus ébranlée que je ne l'aurais cru. Elle a continué à écrire en utilisant un stylo à encre rouge cette fois. Elle annote mon histoire. C'est que je soigne mes effets !

Soudain, elle s'arrête. Elle aimerait sans doute puiser dans ma mémoire tous les trésors qu'elle recèle, mais elle me pose plutôt une simple question.

— Est-ce que Marie-Jeanne te faisait confiance ?

Qu'est-ce que j'en sais, moi ? Elle se comportait de façon tellement bizarre. Il lui arrivait de courir vers moi, de se blottir dans mes bras et de se mettre à pleurer pendant de longues minutes. Elle se relevait par la suite, me priant de n'en parler à personne, puis retournait s'occuper de sa jument. Elle retrouvait son sourire comme si de rien n'était. Et me jouait toutes sortes de tours pendables qui égayaient la galerie. Et je riais moi aussi, car Marie-Jeanne la triste portait le poids du péché originel sur ses épaules, et je ne voulais surtout pas que son squelette flanche sous la charge.

— Est-ce que Marie-Jeanne te faisait confiance ? répète garde Mailloux.

Marie-Jeanne avait perdu ses illusions sur la beauté du monde, sur la générosité désintéressée de son prochain. Son réservoir d'innocence avait été troué depuis longtemps. Elle ressemblait de plus en plus à une comète. Distante et glacée, elle suivait une trajectoire intérieure elliptique. Pour les observateurs terrestres, elle se distinguait des étoiles par sa longue chevelure de feu. Elle finira par se consumer, je vous le prédis.

Garde Mailloux insiste pour que je lui réponde. Je me sens de plus en plus comme le docteur Bruce Banner sur le point de se transformer en incroyable Hulk. Les mots sortent de ma bouche sans que je ne les invite.

— Je suis le fiancé de la confiance, le fiancé de la confiance, le fiancé de la confiance, le fiancé de la confiance, le fiancé de la confiance...

## 11

Théoret se faisait enguirlander par Dupont, son supérieur. Non, non et non ! L'inspecteur avait tort sur toute la ligne. Comme la vie d'un homme était en danger et que les soins hospitaliers dans la région n'étaient guères recommandables, son témoin avait été transporté dans un lieu tenu secret à Montréal, où l'on s'en occupait jour et nuit. Il était sous haute surveillance et recevait un traitement qu'on pouvait qualifier d'innovateur. Le ministre de la Justice en personne avait exigé que la suite de l'enquête soit confiée à cette unité spécialisée dans les cas tordus et complexes. On ne pouvait pas revenir en arrière, déranger cet honorable politicien de nouveau.

— D'ailleurs, le ministre vous transmet toutes ses félicitations et vous remercie, au nom du gouvernement et des concitoyens, pour la diligence avec laquelle vous avez conclu cette affaire.

— Conclu, conclu... On ne connaît pas encore le fin mot de l'histoire.

— On nous tiendra informés, soyez-en assuré.

Théoret n'aurait pas misé sa paie là-dessus. L'hebdo local voulait le photographier sur les lieux de sa capture, mais s'était vite ravisé en prenant conscience de la difficulté de ce déplacement. Il fut décidé d'emprunter un arrière-plan crédible à l'une des photographies qui engorgeaient les archives. Il suffirait d'ajouter quelques lignes en guise de légende pour parfaire l'illusion. Quant aux médias nationaux, ils avaient d'autres chats à fouetter – les membres du cabinet du premier ministre, notamment – que de s'intéresser à une insipide nouvelle régionale.

— Vous devriez prendre une semaine de vacances, suggéra Dupont d'une voix qu'il cherchait à rendre la plus naturelle possible.

— J'en ai pas les moyens !

Dupont déposa discrètement le dépliant d'un hôtel mexicain sur son bureau. Le bleu de la mer se confondait avec celui du ciel et de la gigantesque piscine qui serpentait dans la cour intérieure. Cinq étoiles accompagnaient le nom de cet établissement enchanteur. Ne manquaient que le bruit des vagues s'échouant sur les plages de sable blond et l'odeur épicée de la salsa répandue sur un plat de *nachos* gratinés. Théoret n'aurait aucun mal à convaincre sa conjointe de passer quelques jours de farniente sous un soleil éclatant. Dupont, qui ressemblait de plus en plus à un agent de voyages, perdait en subtilité ce qu'il gagnait en précision.

— On prétend que, pour les amateurs de plongée sous-marine, c'est un vrai paradis.

Quand Théoret avait-il fait remplir ses bouteilles d'oxygène la dernière fois ? Ça remontait à plus de trois ans au moins. Aurait-il du mal à retrouver ses réflexes de plongeur chevronné ?

— Allez-vous me proposer une augmentation de salaire substantielle ?

— Le condo vous est gracieusement prêté par le monsieur le Maire...

— ... le frère de Villeneuve...

— ... qui n'apprécie pas qu'on perturbe l'image de sa ville si paisible.

Théoret contint sa colère. Il ne se laisserait pas bêtement acheter. Il déclinerait cette offre indécente. Mais il voulait savoir jusqu'où on était près à aller pour le pervertir.

— Et les billets d'avion ?

Surpris de cette ouverture inattendue, Dupont avait du mal à cacher sa fébrilité. Il aurait pourtant parié que l'inspecteur le rabrouerait du revers de la main.

— On dégotera un prétexte pour vous envoyer au Mexique dans le cadre de vos fonctions, précisa-t-il, un sourire de connivence aux lèvres.

Théoret pensa aussitôt à une enquête sur une usine d'exportation de sombreros fabriqués avec du chanvre. Si on cherchait à l'éloigner d'aussi grotesque façon, c'est qu'il y avait quelque chose de pourri au royaume de Villeneuve.

L'inspecteur se leva, prit le dépliant et le déchira en mille morceaux qu'il lança dans les airs avec désinvolture. Au point où il en était, il pouvait bien commettre une bévue de plus. Il fit mine de ne pas entendre les insultes ni les remontrances de Dupont. Théoret était fier de lui. Incorruptible ! Al Capone devait se retourner dans sa tombe. Mais on n'était pas au cinéma. Théoret se leva. Dupont lui fit signe de se rasseoir.

— On a porté plainte contre vous.

— Qui ça ?

Dupont escamota la question.

— Non-respect des procédures lors de l'arrestation d'un témoin...

— Je le savais !

— ... tentative d'extorsion d'aveux par manipulation psychologique...

— C'est scandaleux !

— ... et refus de fournir des informations capitales à des collègues dans une enquête sous juridiction commune.

Théoret frappa du poing le bureau, ce qui fit basculer le cadre contenant la photo de famille de Dupont, lequel heurta la tasse de café vantant les mérites de la Riviera Maya. Dupont la releva aussitôt, mais une grande quantité de liquide avait déjà humecté son pantalon. Confus, Théoret voulut éponger lui-même les dégâts avec un mouchoir brodé de ses initiales. Cette initiative spontanée créa un malaise épidermique auquel Dupont mit fin de façon péremptoire.

— Votre calepin de notes, Théoret, puis disparaissez de ma vue.

L'inspecteur, non sans avoir ravalé quelques sacres et remarques acerbes, obtempéra aux ordres et regagna son bureau. Dans le couloir, il maugréa contre la crainte et l'inertie qui engluent le cerveau de ses semblables, y compris celui de son supérieur. Il était hors de question qu'il concède la victoire à son adversaire. Il retournerait voir Villeneuve, quitte à se mettre la moitié du village à dos, qui désirait qu'on enterre cette triste histoire et qu'on poursuive le boulot sans autre forme de procès.

Puis il se félicita intérieurement de posséder une calligraphie digne d'un médecin spécialiste. Ses n, m, u, v, w avaient tous la même forme. Il n'était pas plus facile de distinguer les p des q que les l des t. À vrai dire, personne ne parvenait à déchiffrer ses pattes de mouche. Lui-même parfois en perdait son latin et se mettait à pester contre ses hiéroglyphes lorsqu'il rédigeait ses rapports. Dupont n'y comprendrait que dalle. Tout au plus appréciera-t-il les quelques petits dessins humoristiques qui plaçaient le juge municipal dans des situations burlesques peu édifiantes.

## 12

Garde Mailloux pose la main sur l'épaule de Latendresse et lui murmure quelque chose à l'oreille. Il résiste. Secoue le bras. Grogne un peu. Elle s'interpose entre lui et moi, émet un petit rire qui sonne à peine faux. Un peu plus et elle se mettait à fredonner « Tout va très bien, Madame la Marquise... ». Le visage de Latendresse se crispe, ses narines se dilatent. Il va éclater, le pauvre. Il expulse l'air de ses poumons dans un long souffle pestilentiel et réussit à garder son calme. Je n'aurais pas été surpris que de la fumée lui sorte par les oreilles. Garde Mailloux s'approche de moi et m'embrasse sur la joue. Là, je me méfie. Il y a anguille sous roche.

— Jules ! Jules ! Jules !

Cette entrée en matière n'augure rien de bon. Je ne suis pas au bout de mes peines. Garde Mailloux conserve l'initiative.

— Nous avons une bonne et une mauvaise nouvelle à t'annoncer.

— Commencez donc par la mauvaise.

— Quand le vin est tiré, il faut le boire...

Si Latendresse continue avec ses proverbes, c'est moi qui vais le tirer. Garde Mailloux enfile ses gants blancs, tourne autour du pot, parle en paraboles. J'ai bien peur qu'elle en arrive aux fleurs et aux abeilles. Ça concerne Marie-Jeanne, finit-elle par lâcher. Après un ultime soupir, elle articule avec moult difficultés cette toute petite phrase équivoque.

— Marie-Jeanne n'est plus...

Je croyais qu'elle avait suspendu sa phrase et j'attendais la suite, sans réagir. Même que je m'amusais à la compléter dans ma tête. Un jeu questionnaire. Marie-Jeanne n'est plus... la reine du bal... l'écuyère qu'elle a été... l'ombre d'elle-même. Puis je prends conscience de la tournure négative. Je recommence l'exercice avec le positivisme débridé qui me caractérise. Marie-Jeanne est l'icône de ma passion, la fougue de mon sang, l'écume de mes nuits...

Quelque chose m'échappe, si je me fie aux visages consternés de mes deux interlocuteurs. Aurais-je été victime d'une erreur d'aiguillage ? Mon cerveau aurait-il raté une information capitale ?

— Espèce de sans-cœur !

— Ben, quoi ?

— T'as même pas de peine !

— J'attends la fin de la phrase, dis-je d'un ton vaguement exaspéré.

— Marie-Jeanne est morte, crétin. Disparue en fumée. Une crêpe flambée.

Je n'ai pas prisé la manière, et le ton, et l'image outrageante. Une injure de trop. Je suis passé aux actes. Spontanément. Pour évacuer l'excès de rage qui bouillait dans mes veines. J'ai saisi Latendresse à la gorge. Sans avertissement. Mes deux mains formant étau. Gare à celui qui profane la mémoire de mon amour ! Qu'il expie son dernier souffle !

J'ai tenu tout au plus une fraction de seconde. Latendresse, peu impressionné par l'attention que je lui portais, m'a appliqué un coup de genou dans les couilles. J'ai lâché prise et, par un réflexe millénaire, ai adopté la posture de l'humain recroquevillé autour de son ego ébranlé. Latendresse fulminait ! Il m'a montré ses poings, énormes comme des souches de séquoia. J'étais hypnotisé par la peur. Incapable du moindre mouvement. C'était une diversion. Le con m'a foutu un coup de tête. Deux boules de billard qui se percutent. Deux planètes qui entrent en collision. D'abord le choc bruyant des crânes, puis la douleur. Atroce ! Juste avant de perdre conscience, j'ai eu une discussion fort colorée avec un papillon sur les stratégies de camouflage des insectes dans la jungle. J'aurais aimé apprendre tout cela quelques instants plus tôt. Pendant que je m'écroulais sur le plancher de la chambre, des milliers de papillons se sont relayés afin de filer autour de mon corps le plus gigantesque cocon de tous les temps.

# 13

— Et si nous allions casser la croûte à la cantine du coin, Théoret ?

Quinze minutes qu'il lui concédait. Pas une de plus. Le temps d'avaler deux hot dogs et des grosses frites. Et tout de suite par surcroît. Villeneuve avait retrouvé tout son pragmatisme.

— Je vous attendrai à votre banquette préférée, répliqua l'inspecteur, avant d'éteindre son cellulaire, sans autre forme de politesse.

Théoret ne s'en laisserait pas imposer par un millionnaire véreux. L'inspecteur connaissait les habitudes et les petites manies de la plupart de ses concitoyens. Même s'il ne les comprenait pas toujours. Les êtres humains sont tellement complexes !

Villeneuve, par exemple, un habitué des meilleures tables et des plus grands crus, s'imposait, deux fois par mois, une cuisine prolétarienne non recommandée par *Le guide alimentaire canadien*. L'odeur de la friture le faisait saliver et lui rappelait, peut-être, son enfance. Il était de notoriété publique que Villeneuve père amenait sa petite famille, chaque dimanche, bouffer à la cantine avant d'aller jouer au parc. C'est du moins ce que prétendait la mère de l'homme d'affaires. Car le paternel était disparu, dans des circonstances nébuleuses, alors que Villeneuve n'avait pas six ans. Était-ce une impression vague inscrite dans son inconscient ou l'image du souvenir que sa mère lui avait transmis ? Peu importe, Villeneuve se délectait de la spécialité maison, des frites saupoudrées de parmesan râpé.

Le multimillionnaire rejoignit Théoret avec une demi-heure de retard.

— Désolé, un appel impromptu du premier ministre.

— Un autre contrat de pavage ?

— Non. Il voulait mon avis sur la réfection des viaducs...

Certains individus ont l'art de se donner de l'importance par des remarques anodines. La serveuse se pointa, prit leur commande, fit une remarque cinglante à un camionneur de la table voisine, qui avait la main un peu trop vagabonde, et poursuivait, Dieu sait comment, sa conversation sur les mœurs dépravées d'une star hollywoodienne avec une amie qui buvait un café au comptoir.

— Je ne crois pas que Marc, je veux dire votre supérieur, monsieur Dupont, serait heureux d'apprendre que vous continuez à me harceler.

L'inspecteur prit son air le plus offensé.

— C'est vous qui m'avez invité.

— Combien de messages m'avez-vous laissés sur ma boîte vocale depuis deux jours ?

Théoret haussa les épaules. Il n'avait pas fait le décompte. En revanche, il se demandait s'il devait attaquer Villeneuve de front ou le questionner de façon plus adroite. Mais l'homme d'affaires continua sur sa lancée.

— Vous avez levé le nez sur la mer des Caraïbes, à ce qu'on m'a dit.

— Ouais. Je côtoie déjà suffisamment de requins et de pirates.

— Vous avez l'impression que je cherche à bousiller votre enquête ?

— Tout à fait.

— J'ai perdu ma fille dans ce drame, inspecteur !

— Quelque chose me dit que vous l'aviez perdue bien avant...

Villeneuve encaissa plutôt bien le coup. Il cligna des paupières, poussa tout de même un soupir d'exaspération. Mais Théoret était résolu à jouer les kamikazes. Il exposa les deux hypothèses avec lesquelles il jonglait. Ou Marie-Jeanne avait été victime d'un fou furieux – un amoureux éconduit, par exemple, qui brûlait d'amour pour elle. Ou elle s'était suicidée. Puisque Théoret n'avait plus son témoin sous la main, il avait choisi d'approfondir la piste du suicide.

— Votre fille broyait-elle du noir ces derniers temps ?

Villeneuve se sentait comme un boxeur débutant aux prises avec un champion du ring.

— Ma fille avait tout pour elle : la beauté, l'intelligence, la fortune...

— Oui, mais était-elle heureuse, épanouie...?

— C'était une adolescente, Théoret. Il y a longtemps qu'elle ne se confiait plus à moi.

L'inspecteur perçut une note de remords dans cet aveu.

— Et à qui se confiait-elle, selon vous ?

— Allez savoir ce qu'il y a dans la tête des jeunes !

— Ce que les adultes y ont déposé, j'imagine.

Villeneuve but trois petites gorgées d'eau fraîche, puis s'essuya les lèvres avec sa serviette. Théoret comprit qu'il ne servait à rien d'insister. Il remettait l'exploration de cette piste à plus tard, préférant changer de stratégie et tenter un assaut sur un nouveau front.

— Vous manquerait-il un bidon d'essence dans votre garage ?

— Comment voulez-vous que je le sache ? Demandez à mes fils, c'est eux qui s'occupent des pelouses.

— Je vais devoir interroger tous les membres de votre famille.

Villeneuve pensa aussitôt à son épouse. Comment allait-elle réagir si l'inspecteur la poussait dans ses derniers retranchements ? Quoi qu'il en soit, ce n'était pas lui qui avait mis le feu à son écurie. Il songea un instant à lancer deux ou trois menaces bien placées qui pourraient calmer l'enthousiasme de l'inspecteur, mais il se ravisa. Il préférait jouer ses pions sur un échiquier plus élevé dans la hiérarchie et autrement plus puissant et redoutable. De toute façon, Théoret se cognerait le nez sur toutes les portes qu'il tenterait d'ouvrir. Les héros solitaires se battent avec l'illusion d'être dans le droit chemin, même s'ils s'épuisent à lutter contre des moulins à vent.

— Vous serez toujours le bienvenu chez moi, inspecteur.

— Au fait, comment se porte votre épouse ?

— Elle est inconsolable...

La serveuse déposa les assiettes débordantes de nourriture. Les deux hommes engouffrèrent leur grasse pitance en quelques bouchées.

— Vous les trouvez comment, les frites ?

— Étonnantes !

— C'est mon péché mignon !

— Vous en avez beaucoup d'autres ?

Villeneuve préféra rigoler plutôt que de répondre à la question. Il réclama les deux additions, mais Théoret s'objecta et paya la sienne. Pas question de monnayer sa fierté ni son intégrité. Les deux hommes se quittèrent sans se serrer la main.

## 14

Si Marie-Jeanne n'est plus de ce monde, pourquoi demeurer en vie ? Tout simplement parce que je suis trop lâche pour aller la rejoindre. Garde Mailloux m'incite à commencer, mais je n'ai pas envie de lui raconter quoi que ce soit, surtout que Latendresse est là. Et il gueule ! « Trois semaines, répète-t-il à garde Mailloux, trois semaines qu'on le cajole, qu'on le dorlote, qu'on lui fait des mamours, et sans résultats probants. »

On ne partage vraiment pas les mêmes conceptions de l'amour et du bien-être. Je ne me sens pas du tout interpellé par cette description idyllique de mon séjour en ce lieu. Latendresse prétend qu'on doit passer à la manière forte. Ça me plaît de moins en moins. Elle était comment la manière, avant ? Cependant, je suis d'accord pour essayer d'y voir un peu plus clair, moi aussi.

— Un miroir, ostie, qu'on lui apporte un miroir, suggère le malotru, comme on lance une bouteille à la mer.

C'est tout réfléchi ! « Miroir, miroir, dis-moi qui est la plus belle femme du royaume. Mais c'est Marie-Jeanne, monseigneur ! » De tous les contes de mon enfance, c'est *La Belle et la Bête* que je préférais...

— Et que fais-tu du choc ?

— Sa vie est foutue de toute façon.

Parle-t-on vraiment de moi ? Qu'est-ce qu'elle a ma vie ? Pendant que garde Mailloux tergiverse, Latendresse me glisse sous les yeux un tout petit miroir qu'il avait dissimulé dans son paquet de cigarettes. Je crois que je préfère l'image du poumon tout noirci sur l'emballage au reflet que j'entrevois dans la glace.

— Il est où, le trucage ?

— Tu vois, il dénie.

— C'est normal, j'aurais réagi de la même façon, compatit Latendresse. Surtout à cause de la marque du fer à cheval. Je me serais peut-être jeté du haut de la première fenêtre venue. Heureusement, ici, il n'y en a pas.

Je l'avais déjà noté. Merci pour les encouragements. Garde Mailloux consulte son répertoire de questions préétablies et sélectionne la plus pertinente.

— Quel âge crois-tu avoir, Jules ?

L'âge de toutes les audaces. L'âge où tout est encore possible. L'âge où l'on ne sait pas encore qu'on se remet de tout. Que tant que souffle le vent, rien ne nous colle à la peau.

— Il ne te répondra pas.

— Jules, c'est difficile à concevoir...

Merde. Un coup de réalité en pleine figure. C'est comme frapper un arbre en voiture. Ou plonger dans les eaux glacées d'un lac cristallin. Latendresse incite garde Mailloux à aller droit au but.

— Tu as 47 ans. Tu as fait une chute de cheval lors d'une compétition de parcours complet.

— Toute une débarque. La tête la première dans un fossé.

— Ta jument a trébuché !

— Elle t'a roulé dessus et, sans faire exprès, t'a donné des coups de sabot.

Ils ont évoqué un traumatisme crânien, des dommages irréversibles au lobe frontal, un problème de perception de la réalité, des pertes de mémoire sélectives...

— On ne te croyait pas dangereux.

— D'où l'emploi de veilleur de nuit que le centre équestre t'a offert sur un plateau d'argent. La société ne voulait plus de toi. De la charité chrétienne bien attentionnée.

Comment dangereux ? J'ai trente ans de plus que je ne le croyais. Qu'est-ce que j'ai foutu pendant tout ce temps ?

— Ah oui, j'oubliais ! enchaîne mon tortionnaire. Une enquête t'a déclaré unique suspect dans l'incendie de l'écurie qui a entraîné la mort de Marie-Jeanne et de trois chevaux.

— Tu ne pouvais pas attendre, hein, cow-boy ! intervient garde Mailloux. Ça te démangeait de le rabaisser encore plus.

Et elle sort de la pièce. En rage, en nage et en vitesse. Ça n'augure rien de bon pour moi. Je perds ma principale alliée. Elle me laisse seul avec le grand inquisiteur. Je n'en peux plus. Je craque.

Les mains cachant mon visage ridé, je pleure comme une Madeleine. Les digues se sont rompues. L'eau s'est infiltrée dans les terres de mon exil intérieur, où Marie-Jeanne me fait un signe de la main. L'eau monte encore. Marie-Jeanne rigole quand l'eau lui effleure les mollets. Je verse des larmes gigantesques. Marie-Jeanne tape des mains la surface fluide qui lui arrive maintenant aux hanches. Les vannes coulent à flots. Marie-Jeanne lâche un petit cri amusé lorsque sa poitrine est immergée. Je ne contrôle plus rien. Marie-Jeanne panique seulement au moment où elle doit entreprendre une rotation des jambes pour se maintenir à la surface. Puis je la vois peu à peu disparaître. Ne reste plus que sa main, qui s'enfonce lentement et inexorablement sous mes flots salins.

## 15

La compagnie d'assurances hésitait encore à émettre le chèque de dix millions de dollars à monsieur Villeneuve. Des clients de cette envergure, on pouvait les compter sur les doigts d'une main. Et il était préférable de les traiter aux petits oignons. Il suffisait d'estimer le nombre de dossiers d'assurance reliés de près ou de loin à cette grande famille dans les classeurs de l'entreprise pour mettre un terme à toute tergiversation. Mais on devait respecter la loi et suivre certaines procédures.

C'est pourquoi, chaque jour que le bon Dieu amenait, un comptable au complet brun délavé téléphonait à Théoret vers les neuf heures. Il voulait recevoir une copie du rapport d'enquête. Un seul point l'intéressait : Villeneuve était-il lié de quelque façon que ce soit à l'incendie de son écurie ? Théoret se montrait toujours poli, rappelait que certains faits demeuraient encore obscurs, même si des progrès significatifs laissaient entrevoir un dénouement à l'horizon. Puis ils raccrochaient en même temps.

On avait établi que Marie-Jeanne avait été arrosée d'essence, puis transformée en torche humaine. Le feu avait dévoré la paille tout autour et s'était attaqué à la vieille structure de bois avec un appétit pantagruélique. On ignorait encore qui avait mis le feu à Marie-Jeanne et pourquoi. Théoret avait déjà rejeté du revers de la main la piste de la fraude. Villeneuve n'en était pas à un million près, et la reconstruction de l'écurie allait coûter une fortune, sans oublier l'achat de nouvelles bêtes de compétition.

Si Marie-Jeanne s'était suicidée, elle avait opté pour une méthode spectaculaire, douloureuse et ravageuse. Elle aurait voulu effacer les traits de son visage, assécher les muscles de son corps, saccager toute trace de sa beauté qu'elle ne s'y serait pas prise autrement. Pourquoi faire courir tant de risques à ses amis, à sa famille et aux chevaux ? Quel message envoyait-elle ? Qui visait-elle par cet acte barbare ?

Théoret était toujours sans nouvelle de Jules Desautels. Avait-il assisté à la préparation du drame ? Était-il au courant des plans secrets de Marie-Jeanne ? Avait-il eu vent d'événements que personne d'autre ne soupçonnait ? Avait-il séquestré Marie-Jeanne ? Voulait-il abuser d'elle ? Les statistiques démontraient que les violeurs n'avaient guère l'habitude de se débarrasser de leur proie de façon aussi spectaculaire.

Théoret apprit peu de choses des membres de la famille Villeneuve. Les frères étaient plus intéressés aux amies de leur sœur décédée qu'à ses états d'âme puérils. Ils ne lui connaissaient aucun ennemi virtuel ni aucun vice. Elle refusait toute goutte d'alcool, ne se droguait pas et n'avait sans doute pas encore embrassé de garçon de son âge. Elle était tout de même consciente, à l'école, de faire tourner les têtes des jeunes dégénérés, qui avaient, selon ses dires, la queue plantée en plein front et les insanités greffées sur le bout de la langue.

Quand vint le temps d'aborder l'entretien des pelouses, un conflit latent fit immédiatement surface. Le plus âgé des garçons préconisait la tonte en diagonale, tandis que l'autre ne jurait que par le carré traditionnel. Ils s'étrivèrent pendant cinq minutes, avant que Théoret ne les ramène à l'ordre et ne demande où l'on gardait le bidon d'essence. Les deux frères se regardèrent sans comprendre l'intérêt de l'inspecteur pour un objet aussi anodin. Dans la remise, déclarèrent-ils en chœur. Théoret insista pour le voir. Il ne fallait pas être devin pour déduire que les jeunes hommes s'interrogeaient sur l'état de santé psychologique de l'inspecteur.

La remise aurait pu abriter une famille de six ou sept personnes. Électricité, chauffage, téléphone, téléviseur... Tout était rangé : les outils d'horticulture suspendus à leurs crochets, les pots de peinture sur des étagères, les sacs de terre et d'engrais dans un coin... Pas de trace cependant du bidon d'essence. Les deux frères s'accusèrent mutuellement de l'avoir perdu et en vinrent presque aux coups. Théoret leur conseilla plutôt d'en acheter un nouveau.

Mélanie, la petite dernière, semblait dépassée par les enjeux du drame familial. Il faut dire à sa décharge qu'elle avait fêté son sixième anniversaire le mois précédent. Une naissance impromptue. Un accident de parcours. Elle insistait pour montrer à Théoret les photos les plus récentes de Marie-Jeanne. Lorsque l'absence de sa sœur lui chamboulait le cœur, elle contemplait ces photos pendant quelques minutes et tout rentrait dans l'ordre. Elle expliqua à Théoret que les parents prennent des photos de leurs enfants pour contrer les effets du temps qui passe, pour capter à tout jamais l'expression d'un regard ingénu, pour déjouer la mort. Théoret avait trouvé la petite bien philosophe. Un peu trop d'ailleurs pour son âge.

La mère lui parut au contraire dévastée, inconsolable, abattue. Elle parvenait à peine à aligner trois mots. Exsangue, elle fixait le plancher devant elle sans arrêt. Les yeux livides. Le teint blafard. Théoret avait la curieuse impression que la vie cherchait à quitter ce corps par tous les pores de la peau. Cette femme ne serait bientôt qu'un vaisseau fantôme voguant au gré des flots sur une mer en détresse. Elle aurait voulu que Mélanie demeure calmement assise près d'elle, mais la petite ne tenait pas en place. Elle désirait jouer à la poupée. Sa plus récente Barbie avait organisé un rendez-vous secret avec Ken et il fallait retoucher sa coiffure et essayer de nouvelles robes.

— La disparition de sa sœur ne l'affecte pas trop ?

— Elle est bien jeune...

— Et dégourdie pour son âge.

— Vous croyez ?

Théoret sentit que le moment était bien choisi pour aborder un problème autrement plus délicat. Il tendit une perche.

— Votre mari m'a confié que vous preniez des anti-dépresseurs.

— C'est exact.

— Depuis longtemps ?

Elle aurait pu dire l'année, le jour et l'heure, mais elle se contenta d'une approximation.

— Une dizaine d'années. En quoi cela concerne-t-il votre enquête ?

— Question de routine, madame. J'essaie d'établir le climat familial dans lequel votre fille a grandi.

La pauvre mère se redressa, releva la tête, passa un main sur les plis de son pantalon.

— Nous sommes une famille unie et heureuse !

— Je n'en doute pas. Mais votre mari et vous... Comment dire ? Vos relations sont-elles encore...

— Qu'est-ce que vous insinuez ?

— Votre mari brasse de grosses affaires. On le consulte en haut lieu. Il doit vivre continuellement sous un stress considérable.

— Et...

— Il possède encore beaucoup de charme, de charisme, de prestance.

— Vous êtes ignoble, Théoret. Il ne m'a pas encore transmis de maladie honteuse, si c'est ce que vous cherchez à savoir.

Théoret marqua une petite pause. Elle venait de le dérouter crûment. Mais pouvait-il forcer encore un peu la dose ?

— Comment qualifieriez-vous les relations de votre mari avec vos enfants ?

Le teint de Madame Villeneuve devint subitement cramoisi, ce qui lui donnait un air nettement plus sain et énergique. Elle déglutit à plusieurs reprises et toussota.

— J'ai un mari exemplaire, dévoué, attentionné...

— Autant avec ses filles que ses garçons ?

— Je ne supporterai pas plus longtemps vos calomnies, inspecteur. Dehors !

Et elle se leva, ce qui mit fin à la conversation. Théoret bredouilla mille excuses, auxquelles elle ne réagit pas. Elle l'accompagna en silence jusqu'à la porte.

Au moment de descendre la dernière marche du perron, Théoret entendit un bruit sourd. Une tourterelle triste venait de foncer dans une des grandes fenêtres du salon. Elle gisait maintenant sur le sol, entre deux rosiers en fleurs. Les ailes repliées. Le cou cassé.

# 16

J'éprouve des tiraillements amoureux dans un corps usé d'un demi-siècle, mais avec l'esprit d'un adolescent fébrile. On se croirait dans un mauvais film américain. J'ai très peu de souvenirs d'avant la chute. Garde Mailloux et Latendresse m'ont expliqué que j'avais fait mon droit et que j'étais devenu un avocat futé, redouté de ses confrères. Moi qui croyais avoir passé toute ma vie à l'écurie, j'ai appris que j'avais commencé à monter à cheval à vingt-six ans. Un an plus tard, je m'achetais un cheval, puis je m'inscrivais à mes premières compétitions équestres. Par ambition – j'ai du mal à le croire –, j'aurais vendu ce bâtard pour me procurer une bête plus racée. Je voulais, semble-t-il, affronter de meilleurs cavaliers. Mal m'en prit. Un photographe aurait immortalisé ma chute spectaculaire sur pellicule. Cette photo aurait fait la une du journal local. Bizarre quand même ! J'ai relégué aux oubliettes tout ce qui se rapporte au droit, aux plaidoiries, aux chicanes de ménage.

Latendresse me montre la photo. Je ne me reconnais pas. Il faut dire qu'on me voit de dos, la tête en bas, la bride de mon cheval à la main, ma bombe à plusieurs centimètres du crâne et Éclipse qui plane dangereusement au-dessus de moi. Je cherche à me raccrocher à des situations concrètes. Où est-ce que j'habite ? Ça, j'en suis sûr. Je vivote dans une roulotte fixée au sol et située juste en face du centre équestre, derrière un paravent d'arbres qui la soustrait à la vue des regards indiscrets. Ma mère me rend visite tous les jours. Elle n'a sans doute rien de mieux à faire. Elle m'apporte les restants de son souper de la veille, me remet des vêtements propres, pliés et sentant bon la lavande. Dès qu'elle entre, elle me réprimande parce que je ne fais pas le ménage de mon capharnaüm.

Quoi d'autre aussi ? Ah oui ! Je ne vais jamais à la banque. Ne prends pas de vacances. Vis au jour le jour. Sans le stress lié à des lendemains qui déchanteraient. Je lis tout ce qui me tombe sous la main, même si j'en retiens peu de choses. Aussitôt consommé, aussitôt oublié ! Je regarde des vidéos tous les soirs. Et j'adore les gâteaux d'anniversaire. Souffler les chandelles surtout. Éteindre d'un seul coup autant d'années passées me fait du bien. J'ai la lucidité éphémère et peu de points de comparaison. Malgré tout, j'assimile certaines informations. Par exemple, j'ai développé quantité d'habitudes bien ancrées que je ne saurais justifier. Pourquoi j'agis de telle manière dans tel contexte ? Je l'ignore. Ainsi, je refuse de montrer mes fesses aux vieux vicieux qui me le proposent en échange de quelques dollars. Ma mère a toujours été très claire là-dessus, de même que pour les paris. Ne jamais parier. Alors je ne parie pas. Je n'ai même jamais mis les pieds dans la Ville lumière...

J'ai tendance à bondir d'une idée à l'autre, à bifurquer à des intersections sonores incongrues. Je me contrôle du mieux que je peux. Je m'échappe parfois. Et cela m'arrive aussi la nuit. Quand je ne me mets pas à pleurer, pour un rien ou pour des raisons précises, comme d'imaginer la mort de mes parents. Ou un insecte géant qui sort d'une pièce de la maison pour me bouffer tout cru. Comme de savoir que je n'ai pas toujours été ainsi. On me traite souvent de légume. Insulte que je réfute du revers de la main. Je m'exprime plutôt bien même si, de mon cerveau à ma bouche, la logique argumentative se perd parfois, s'évapore, se dilue. Il m'arrive aussi d'articuler si lentement que je finis par m'assoupir. Pas par mauvaise volonté. C'est l'attrait du vide, le désespoir de s'apercevoir qu'une partie de son disque rigide ne fonctionne plus, que les informations sont irrécupérables.

Je ne suis pas l'image que je projette. Par contre, j'ai l'âme d'un conteur. Je suis fluide quand je raconte. Je m'amuse, me prends au jeu, me projette dans mes propres personnages. Je réponds aussi avec pertinence et cohérence à la plupart des questions qu'on me pose. Peut-être souffrent-elles d'un certain décalage, mais je ne m'en aperçois guère. Il m'arrive d'être distrait, d'oublier maintes et maintes choses, de faire rire mon entourage. Je m'en rends compte, mais ça ne me dérange pas. Je m'en fous. Je vis dans ma tête, en paix avec moi-même et la réalité que je me décris. Tant pis pour les autres. Qu'ils s'arrangent comme ils peuvent. Je m'essuie les yeux du revers de la main. Je suis tout couvert de bandages. Garde Mailloux voudrait que je l'écoute. Attentivement. Elle ne m'a toujours pas dévoilé sa bonne nouvelle. C'est vrai, ça. Je deviens tout ouïe. Puis elle recommence son manège. Elle tourne en rond. Parabolise. Fait de la haute voltige rhétorique. Latendresse s'impatiente. Elle abdique et avoue : « On t'a un peu menti. »

Où se cache la bonne nouvelle dans un tas de mensonges ? Un bref instant, je m'illusionne.

— Marie-Jeanne n'est pas morte !

Garde Mailloux baisse les bras. Secoue la tête. Mauvaise déduction. Je guette du coin de l'œil la prochaine réplique de Latendresse, mais il demeure coi. C'est plutôt de ma santé qu'elle veut m'entretenir. Et de l'endroit où nous sommes. Puis elle s'égare de nouveau dans de somptueux détours allégoriques. Elle passe par Tombouctou pour se rendre à Boston à partir de Montréal.

— Ta mère t'a sûrement déjà expliqué la différence entre mentir et ne pas dire toute la vérité.

Ma mère soulignait surtout l'importance de développer une relation construite sur la confiance. Une de ses valeurs fondamentales, un des principes organisateurs de sa vie. Une question de bon sens aussi. « Si tu n'es pas prêt à entendre la réponse, ne pose tout simplement pas la question », répétait-elle, comme un refrain. Latendresse juge le moment propice pour démontrer qu'il peut à son tour jouer de finesse.

— On t'a ramassé à la petite cuiller. Tu t'en souviens ?

Garde Mailloux semble aussi surprise que moi. Latendresse fait preuve d'une soudaine empathie. S'intéresse à mon vécu. Oui, oui. Je me rappelle avoir eu faim, froid et peur. Le tour d'hélicoptère. Puis un léger état euphorique. Une tendance à rêver plus que d'habitude. Ou du moins une plus grande rétention d'images, au réveil, de ce qui a troublé ma nuit.

— Mon petit Jules, tu as été le cobaye d'une nouvelle méthode d'interrogation de...

— ... prisonnier, émets-je sans réfléchir.

— Pas du tout. De suspect potentiel.

Là, je flaire le piège à cons. Avec moi-même dans le rôle-titre.

— Je ne suis pas dans un vrai hôpital ?

Et en prononçant cette phrase, je cherche à me souvenir si j'avais apporté ma carte d'assurance maladie avec moi. D'habitude, elle traîne dans mon tiroir rempli de sous-vêtements et de bas. Latendresse regarde tout autour de lui et rigole sans retenue.

— Ça ressemble un peu à un hôpital, mais il n'y a pas de fenêtre, ni de miroir, ni de bruit dans les pièces autour, ni de voix qui scande sans cesse le même nom de médecin, ni de patient qui traîne son soluté, la craque de fesses à l'air...

Il doit rêver en ce moment de faire carrière en humour. Le pire, c'est qu'il a raison.

— Vous n'êtes pas vraiment médecins, alors ?

Un lourd malaise se répand dans la pièce. Le prochain qui me traite d'idiot, je l'embroche ! Latendresse me dévisage un moment, puis poursuit ses explications.

— Tout ça pour te dire qu'on a peut-être exagéré sur le calibrage des drogues qu'on t'a injectées.

— Et la bonne nouvelle dans tout ça ?

— J'y arrive. Tes brûlures.

Mes criss de brûlures, qu'elle aurait dû dire. Latendresse feint de me donner un coup sur une cuisse. Qu'il me touche encore, et je lui crève les yeux avec le premier parapluie que je rencontre sur une table de dissection...

— T'es pas amoché comme tu crois.

C'est drôle, je ne me sens pas aussi joyeux que je devrais l'être. Latendresse se moque carrément de ma gueule.

— En fait, t'as pas une ostie de brûlure.

Fous. Des fous. Des fous dangereux. Ça fait des semaines que je suis traité à l'Institut des grands brûlés. La trahison se lit sur le visage de garde Mailloux. Moi qui lui aurais donné le bon Dieu sans confession ! Je décide de faire un prétest. Je déroule le bandage qui ceinture mon bras gauche. Une vraie peau de bébé. Sauf les poils. Et quelques taches causées par une exposition prolongée au soleil quand j'étais petit. Garde Mailloux me sourit. Un sourire à la Charlie Brown. De culpabilité maladroite.

Je ne lésine plus et me démomifie à toute vitesse. Je m'empêtre un peu. Tire plus fort quand il y a résistance. M'étourdis un brin. Manque de tomber à quelques reprises. Puis me retrouve flambant nu, sans brûlures, victime d'un complot, d'une machination, d'un lavage de cerveau. Qu'est-ce qu'ils ont pu me donner pour que je ressente l'effet des brûlures ? Comment ai-je pu croire pareilles balivernes ?

Surpris par ma réaction, Latendresse détourne pudiquement le regard. Contrairement à garde Mailloux qui s'inquiète de voir mon engin s'allonger et gonfler telle une montgolfière par un bel après-midi d'été. Mon bidule quand il s'énerve produit toujours le même effet. J'ambivalence. Mon corps est aussi impeccable qu'avant. La même bedaine naissante, quoique je croie bien avoir perdu quelques kilos, les muscles aussi flasques, curieux mélange de poils blancs et foncés... Je suis heureux, soulagé. Et en même temps outré, fâché, atterré. On m'a menti. Me mentira-t-on encore ? Voilà ce qui arrive lorsqu'on confie sa guérison à des charlatans ! À des imposteurs. Je voulais poser calmement la question, mais elle est sortie comme de la gueule d'un lion. Pas le signe astrologique, celui de la brousse.

— Pourquoi m'avez-vous fait ça ? Pourquoi ?

— Pour te disculper. Pour apprendre tout ce que tu sais sur cette affaire. Monsieur Villeneuve est curieux de connaître...

Il est très impoli de couper les gens, mais je n'ai pas le goût de respecter les règles du savoir-vivre. C'est la mutinerie sociale. En partie, en fait, puisque j'ai enfreint une loi plus grave encore. La nudité n'est guère prisée en public. Et j'ai la pudeur en haute estime. Et non, je ne me remballerai pas à l'égyptienne.

— Rendez-moi mes vêtements.

Je me découvre un ton tranchant, autoritaire. Latendresse ouvre un placard et me lance mon tas de guenilles lavé à l'eau de Javel. Je reçois le tout dans le bas-ventre. Pendant que j'enfile mes bas, garde Mailloux s'essuie le front avec un mouchoir en dentelle qu'elle a sorti de je ne sais où.

# 17

Plus le temps passait, plus Théoret se faisait du souci pour Jules Desautels, ce confrère de classe dont la gueule de jeune premier attirait les plus belles filles de la polyvalente. Il leur contait fleurette avec l'aisance d'un Gérard Philipe tenant le rôle de Fanfan la Tulipe. Un court article non signé paru dans un journal jaune montréalais prétendait que Desautels s'était mis à table et avait tout avoué : la séquestration, le viol, le meurtre, la mise en scène flamboyante. Celui qu'on présentait comme un déficient intellectuel désirait ainsi purifier la victime qu'il aurait surprise à quelques reprises, dans le fenil, dans des positions compromettantes avec son entraîneur, un peu plus âgé qu'elle. Une voix venue du ciel l'avait convaincu de se transformer en ange exterminateur. Des balivernes tout ça, conclut Théoret.

En revanche, l'article décrivait précisément l'accident de cheval. Après s'en être plutôt bien tiré lors des figures imposées de l'épreuve de dressage, Desautels avait pris le départ pour le parcours de chasse en forêt. Il galopait à un bon rythme, franchissant les obstacles avec aisance. Jusqu'à ce saut inusité, pas très haut en fait, un mètre tout au plus. C'est la descente après qui était vertigineuse, un décalage d'au moins quatre mètres. Et les chevaux ne l'appréciaient guère, surtout en fin de parcours, après la fatigue et le soleil de plomb. Sa bête a hésité. Lui a insisté. Un coup de cravache, les éperons dans les flancs. La bête a trébuché, et Desautels a été propulsé dans le fossé. Il en a perdu sa bombe, s'est fracassé le crâne contre une roche, puis son cheval lui a roulé dessus. Un coup de sabot sur la tempe. Et sa carrière de cavalier était fichue, de même que ses plaidoiries. Fini les envolées lyriques ! Au diable fortune, plaisir et insouciance ! Le temps des désastres était arrivé.

La chute avait provoqué de sévères lésions au cerveau qui, selon la psychologue interviewée, aurait pu entraîner une désinhibition progressive des pulsions de meurtre chez le traumatisé. Théoret n'y croyait pas. Il savait que Desautels se perdait souvent dans ses pensées, qu'il s'imaginait des univers surréalistes et se comportait, la plupart du temps, comme un tout jeune adolescent, alors qu'il avait les cheveux gris et une taille de bourdon. Personne ne lui aurait attribué une once de malice. D'ailleurs, il souriait toujours pour quelque raison intérieure qui échappait à son entourage et trouvait le moyen de faire rire ses semblables par de bonnes blagues sarcastiques.

Dans un geste de générosité sans pareille, Villeneuve lui avait octroyé le poste de veilleur de nuit du centre équestre. Un emploi symbolique. Desautels roupillait dans un coin et passait ses journées à rendre de menus services à tout un chacun. En quelques mois, il était devenu la risée des enfants, l'adulte dont on se moque impunément sans remords. L'être humain abuse ainsi de son semblable dès que l'occasion se présente. On le traitait de fainéant, de comédien de pacotille ou de débile selon les humeurs du moment.

Les doigts tachés d'encre, Théoret referma son journal et le jeta dans le bac destiné à la récupération. On allait maintenant accoler les qualificatifs de fou meurtrier, de monstre à cet être éprouvé par le destin et qui ne faisait de mal qu'aux mouches. De son côté, Villeneuve serait présenté comme l'artisan de son propre malheur, puisque sa grandeur d'âme l'aura conduit à engager l'homme qui allait immoler sa fille. Cet acte démoniaque relancerait le débat sur la restauration de la peine de mort. Un vent de droite ne fouettait-il pas avec une vigueur inquiétante tout l'Occident depuis quelques années ? À défaut de mieux, on se contentera de réclamer la prison à vie pour ce criminel dangereux. S'il était encore de ce monde, lorsque le procès débuterait.

Le village au complet connaissait l'histoire dramatique de Desautels, laquelle, à l'époque, avait alimenté les commentaires dans les chaumières et fait couler les larmes des bonnes mères de famille. Théoret n'avait jamais compris pourquoi Villeneuve avait engagé Desautels comme veilleur de nuit. Il composa le numéro de cellulaire de l'homme d'affaires. Pas de réponse.

La vie reprenait peu à peu son cours normal dans le village. Chiens écrasés, fenêtres brisées dans les usines désaffectées, pierres tombales renversées, œufs fracassés contre la façade de certaines maisons...

Un voisin avait manifesté de l'inquiétude après avoir entendu de curieux bruits chez les Baillargeon. Théoret devina que le bonhomme s'était à nouveau saoulé et qu'il avait sans doute levé la main sur sa pieuse conjointe, mince comme un cierge. L'inspecteur savait déjà comment tout cela allait se terminer. Dès qu'elle verrait son uniforme, la Baillargeon inventerait une histoire à dormir debout pour justifier la pagaille dans la maison. Elle ne déposerait aucune plainte contre son mari. À la vie, à la mort, avait-elle juré lors de ses noces. Les bons et les mauvais jours, même si les seconds étaient plus nombreux que les premiers. Du moment que son mari s'était calmé, c'était tout ce dont elle rêvait à court terme.

Théoret cogna à la porte du bungalow défraîchi. Le vieux vint lui ouvrir, le regard évasif. Il tenta d'articuler une phrase quelconque, mais seule son haleine fétide se rendit jusqu'à Théoret. Le policier insista pour parler à sa dame. Celle-ci se présenta, l'œil gauche changeant de couleur à mesure que la conversation progressait. Tout allait bien, prétendait-elle. Un petit incident de rien du tout. À cause de Rodolphe, son poisson rouge. Comme elle ne le trouvait plus dans son bocal, elle avait soulevé le petit aquarium, espérant le dénicher dans le lit de roches. C'est à ce moment que le téléphone a sonné et l'a fait sursauter. Elle en a échappé le bocal et l'a reçu en plein visage. Théoret lui aurait donné un A+ pour sa créativité. Le vieux Baillargeon se repentait déjà. Le couple allait encore pouvoir fonctionner pendant deux ou trois semaines. Théoret se dit que ce n'était pas une vie, mais qui était-il pour juger le comportement de ses semblables ? En sortant de la maison, il entendit le vieux faire son mea-culpa.

— Je r'commencerai pu, ma chouchoune. Je l'jure. Penses-tu que le policier va vérifier auprès de la compagnie du téléphone ?

— Pourquoi y f'rait ça ?

— Ben y nous ont coupé la ligne le mois dernier...

Le cellulaire de Théoret vibra, alors qu'il montait dans sa voiture. C'était Villeneuve.

— Vous avez cherché à me joindre, inspecteur.

— Tout à fait. Vous avez lu le journal ?

— À quel propos ?

— Desautels.

Silence.

— Il a tout avoué, j'imagine ?

— Qu'est-ce qui vous fait croire cela ?

— La logique, inspecteur, la logique.

Autre silence.

— Pourquoi avez-vous engagé Desautels après son accident ?

— Ça m'étonne que vous ne m'ayez pas posé la question plus tôt. C'est une affaire de cabinet.

— Qu'est-ce que les toilettes viennent faire là-dedans ?

— Son bureau d'avocats, Théoret. Son ancien bureau. Ses collègues s'étaient mis d'accord pour lui donner un peu plus que ce que les assurances versaient, sans que cela soit rendu public. Ils me remboursent son salaire, les avantages sociaux et mes frais administratifs. Ça accommode tout le monde. Entre vous et moi, ai-je vraiment besoin d'un employé tel que lui ?

— Est-ce que votre fille côtoyait souvent Desautels ?

— Elle l'avait pris en pitié, si vous voulez tout savoir. Elle l'a même amené quelques fois à la maison. Ils ne formaient pas un couple mais plutôt une curiosité, une tendre curiosité.

Nouveau silence. Théoret hésitait à poser la question qui lui démangeait le bout de la langue. Il ne détenait pas de diplôme en psychologie, mais il savait percer à jour les travers de la nature humaine.

— Une espèce de figure paternelle de remplacement, peut-être ?

S'il avait possédé un téléphone à image, Théoret aurait aperçu Villeneuve serrer les lèvres et prendre une longue respiration.

— Vous n'avez pas une haute opinion de moi si vous croyez que ma fille cherchait à me remplacer par ce dégénéré.

Théoret avait frappé juste.

— Ce n'est pas ce que je voulais dire. Elle s'éloigne de vous et se rapproche d'un autre. C'est normal.

La discussion prenait un tour inattendu. Théoret poursuivit.

— Est-ce que Desautels vous paraissait dangereux lorsque vous l'avez embauché ?

— Pas du tout.

— A-t-il manifesté des signes de violence depuis ?

— Tout dépend de ce que vous considérez comme des actes violents. D'ailleurs, à la télé...

Théoret se serait bien passé d'un aparté moralisateur sur le déclin de la civilisation occidentale. Villeneuve avait passé l'âge où tout était mieux jadis, où l'on respectait les vraies valeurs et les individus. L'inspecteur n'attendit que la bonne occasion pour raccrocher.

Si Desautels était vraiment coupable, il aurait planifié son crime, en commençant par le vol du bidon d'essence. Pourquoi alors ne pas en avoir subtilisé un dans la remise tout juste à côté du fenil ? Ça ne tenait pas la route. Desautels ressemblait à tous les amoureux qui ont des étoiles dans les yeux lorsque leur dulcinée se rapproche. Personne n'en avait peur ni ne s'en plaignait. Il avait certes une curieuse façon de se débarrasser des mouches, mais il cajolait les bêtes et leur susurrait des histoires prudes à l'oreille. Théoret ne croyait pas qu'il lui restait suffisamment de neurones pour imaginer un tel scénario. Depuis son accident, Desautels avait les émotions à fleur de peau. Il pouvait s'émouvoir de la danse nuptiale des fourmis ou de la mort d'un béluga échoué. L'instant d'après, il paniquait à l'idée qu'un tsunami vienne détruire le village pendant la nuit. Ou il partait tout simplement à rire, sans raison apparente, pendant de longues minutes. Commettre spontanément un geste insensé ? Peut-être. Concevoir un plan le moindrement élaboré ? Impossible. Tout au plus, aurait-il pu jouer un rôle indirect dans cette tragédie. Celui d'un faire valoir un peu naïf, dépassé par les événements. Il devait à tout prix lui parler.

## 18

Nos relations ont changé. Dorénavant, c'est donnant, donnant. Par exemple, garde Mailloux désire que je poursuive mon récit. L'idée me plaît. Mais je ne veux pas le laisser paraître. J'exige qu'on m'apporte une pizza garnie comme je les aime. Avec l'excédent de sauce qui dégouline sur les doigts, coule sur le dos de la main et crée un sillon rouge jusqu'au coude. Elle acquiesce. Je ne commencerai qu'après m'être empiffré comme un porc. Désormais, la plus grande méfiance règne. On remet tout en doute. C'est Judas sur toute la ligne. Je devine que Latendresse m'observe par le truchement de quelque caméra cachée. Il doit se répéter que chat échaudé craint l'eau froide. Il faudrait que je demande à ma mère ce que c'est qu'un chat échaudé. Un chat qui a trop bu ? Un chat qui déteste l'été ? Un chat qui n'a plus de chaux ? Un chat qui a vécu une peine amoureuse, peut-être.

Garde Mailloux s'impatiente. Elle aimerait bien entendre un nouvel épisode avec Marie-Jeanne. Quelque chose qui m'aurait paru incongru.

— *Tu veux la moitié de mon sandwich ?*

— *Non. Ça va. Je suis au régime.*

— *Qu'est-ce que tu racontes ? T'es grosse comme un* pou.

Marie-Jeanne insiste. C'est une question de point de vue. Et de compétence professionnelle. Son père, par exemple, ne *la prend plus en photo. C'est fini. Elle est trop vieille. Il lui préfère sa sœurette. Elle essuie les larmes qui ruissellent le long de ses joues. Moi, je suis incapable d'avaler ma dernière bouchée.*

— Elle t'a montré certaines de ces photos ?

Mon sixième sens m'envoie un signal d'alerte rouge. Récif droit devant ! Garde Mailloux me sourit comme Amélie Poulin dans son fabuleux destin. Existe-t-il une défense contre de telles manœuvres séductrices ?

Il y avait un mur couvert de photos dans le restaurant de l'écurie. Les gagnants des plus grandes compétitions. Des chevaux avec des rubans de toutes les couleurs accrochés au montant de leur bride. Des cavaliers souriants, leur bombe à la main. Pas celles-là, précise garde Mailloux, des photos plus particulières. Je secoue la tête. Puis un flash. Une fraction de seconde. Marie-Jeanne, toute détrempée, qui me supplie de la réchauffer. Je n'aurai pas le courage de frotter l'allumette, pleurniche-t-elle. Fais-le pour moi. Je t'en serai reconnaissante pour toujours. Délivre-moi, puis sauve-toi à toutes jambes, qu'elle marmonne. Je ne sais plus si j'ai dit tout cela ou si je l'ai seulement pensé. Je me fais du mauvais sang. Ont-ils la possibilité de filmer dans ma tête, d'enregistrer tout ce qui affecte ma conscience ? Je deviens très méfiant. Ce ne sont pas des extraterrestres. Je n'en ai d'ailleurs jamais rencontré. Pourtant ils auraient enlevé des centaines de Terriens pour leur faire subir de multiples tests affolants. Ils auraient même dans la paume d'une de leurs mains une espèce de pierre rouge qui emmagasine, d'une simple pression entre vos deux yeux, le contenu de toute votre mémoire. Si les extraterrestres sont si intelligents, qu'est-ce qu'ils veulent savoir de nous qu'ils ne connaissent pas déjà ?

Garde Mailloux dépose ses lèvres sur mon front. Me prie de continuer. Me demande de lui décrire la grande scène finale.

— Les noces de feu ?

— Joli titre pour une scène. Je crois que c'est la bonne.

— J'aimerais bien recevoir une faveur en retour.

Garde Mailloux se trémousse sur sa chaise, jette un œil dans un coin de la pièce, porte la main à son oreille, comme si quelqu'un lui chuchotait des mots, mais qu'elle ignorait s'ils étaient d'amour ou de haine.

— Tu veux quoi, au juste ?

— Déminer ma tête, comme on fait dans les pays après les guerres.

Ce serait le Pérou : retrouver mes souvenirs, ma vie d'avant, mes réflexes d'antan, ma bonne humeur contagieuse. J'en ai marre de la pitié et du sarcasme des gens. Je veux qu'on retire la substance qui englue mon cerveau, ralentit mes gestes, repousse les filles.

Garde Mailloux comprend, me fait la promesse de mettre un terme à mon calvaire, me parle d'un spécialiste de renommée internationale qui a mis au point un traitement révolutionnaire dont les résultats époustouflent les plus sceptiques. L'espoir renaît. J'anticipe alors des jours meilleurs. Je souris. On éliminera les vents qui soufflent dans ma tête. Foutus vents ! Ils nourrissent les feux de broussaille, les couvent comme des mères porteuses, puis les propulsent soudain d'un arbre à l'autre. Ils m'enflamment la cervelle. Je m'informe : « Est-ce douloureux ? »

— À peine plus qu'une piqûre dans le gros orteil.

Mais secret absolu en raison de l'espionnage médical, des délicates procédures d'intervention à la fine pointe de la technologie et des listes d'attente qu'il faudra falsifier. Je promets de me la fermer.

— Et les coûts ?

— Monsieur Villeneuve prend tout en charge.

Ma mère voyait passer des oreillers dans mes yeux quand arrivait mon heure d'aller au lit. Moi, je vois des nuages noirs dans ceux de garde Mailloux. Me trahira-t-elle encore ? Au point où j'en suis, aussi bien lui raconter tout ce que je sais. De toute façon, je ne peux rien refuser à garde Mailloux.

## 19

Théoret entra, déterminé, dans le bureau de son supérieur. Ce dernier étirait un élastique dans tous les sens, ce
qui créait de curieuses formes géométriques éphémères.
Il semblait connaître l'exacte souplesse de son matériau
puisqu'il n'atteignait jamais son point de rupture. Théoret
aurait bien aimé que l'élastique lui pète en plein visage.
Mais la dextérité de Dupont le priva de ce plaisir. Accrochée
au mur, une reproduction laminée présentait une scène
moyenâgeuse : l'adoubement d'un chevalier. Pas question
que Théoret pose un genou au sol devant quiconque. Franc
comme un chêne, l'inspecteur alla droit au but.

— Je veux absolument interroger Desautels.

— Il a déjà tout avoué.

— Des foutaises ! Il est incapable de mettre le feu, sauf
aux culs de certains connards intolérants.

— Soignez votre langage, inspecteur. Les représentants
de l'ordre sont condamnés à être des exemples de vertu pour
la population.

Encore heureux qu'il ne l'ait pas menacé de lui laver la
bouche avec du savon !

— Et calmez-vous. Je tenais à vous voir pour vous
annoncer de vive voix le retour de Desautels.

Théoret chancela. Il s'assit. Incrédule, il cherchait la
faille, l'embrouille.

— Vous ne dites rien?

— C'est l'étonnement, chef. J'y crois à peine.

— On nous le confie, inspecteur. Vous irez le récupérer dans le champ, derrière l'église. Il nous revient comme il est parti, en hélicoptère.

— On ne ferme pas le dossier, alors ?

Dupont toisa Théoret pendant de longues secondes.

— Vous croyez encore à son innocence ?

— Deux ou trois petites choses me chicotent...

— Comme le procès risque de s'étirer sur plusieurs mois et de coûter la peau des fesses aux contribuables...

— Votre langage, chef !

— ... vous aurez tout le loisir de satisfaire votre curiosité.

Dupont pointa alors son index vers Théoret, releva le pouce et fixa son élastique aux extrémités de ces deux doigts. Quelque peu déstabilisé par ce geste en apparence anodin, Théoret éprouva un léger malaise, peut-être même y décela-t-il l'ombre d'une menace.

— Cependant, je vous invite fortement à lire l'excellent dossier préparé par l'équipe de spécialistes de Montréal et à en accepter les conclusions. Vous ne voudriez sûrement pas que vos concitoyens médisent sur votre compte ni ne colportent des rumeurs disgracieuses sur les raisons qui vous poussent à nuire au plus important employeur de la région.

Puis Dupont ordonna à Théoret de quitter prestement son bureau. L'inspecteur ne se le fit pas dire deux fois. Il se leva, tourna le dos et ouvrit la porte.

— N'oubliez pas. L'atterrissage est prévu à 17 h.

Au même moment, Théoret ressentit un léger pincement au niveau des reins. Dupont avait lâché son projectile. Théoret poursuivit son chemin, sans se retourner. Un gamin ! Le chef de police de son village n'était qu'un gamin insignifiant, féru de pouvoir.

Théoret se tenait au-dessus de ces enfantillages. Il planifiait déjà sa stratégie. Il demanderait au docteur Viens d'évaluer l'état de santé de Desautels. Ensuite, il exigerait que le docteur assiste aux divers interrogatoires. Il aurait ainsi quelqu'un avec qui discuter de la crédibilité à accorder à certaines réponses. Les raisonnements de Desautels n'étant pas toujours faciles à suivre, deux têtes valaient mieux qu'une afin de séparer l'ivraie du bon grain. Il lui faudrait aussi établir ce qu'on avait fait de Desautels durant les dernières semaines.

Théoret se frottait les mains de contentement. L'enquête allait enfin déboucher. Il aurait la chance de démontrer sa compétence. Les sommités montréalaises allaient regretter de lui avoir subtilisé son suspect si longtemps. Il les tournerait en ridicule et rehausserait la réputation du flic régional... Il en profiterait peut-être pour égratigner au passage son propre chef, laisser entendre qu'il avait subi des menaces à peine voilées.

Théoret fantasmait. Peut-être même qu'une fuite bien placée dans un hebdo de la métropole lui permettrait de dénoncer certaines pratiques douteuses des corps policiers. La police passée au crible d'une commission d'enquête... Avec lui comme témoin vedette, héros à la droiture exceptionnelle. Des sottises ! Les plus redoutables bandits séjournent rarement en prison. Desautels ne détenait pas la crédibilité nécessaire pour justifier un tel branle-bas de combat ni une injection de fonds publics dans une manœuvre qui, inévitablement, briserait le lien de confiance entre la population et les forces de l'ordre. Non. Il allait devoir changer de stratégie, revoir ses plans, jouer la carte de l'iniquité sociale, de la manipulation médiatique. Desautels n'était qu'un bouc émissaire atteint d'une légère déficience intellectuelle. Théoret trépignait d'impatience. Il allait bientôt connaître la version de l'inculpé. Avait-il vraiment admis sa culpabilité ? Comment ses aveux avaient-ils été extirpés ?

La femme de Théoret l'avait plusieurs fois mis en garde contre sa propension à lutter contre les injustices. Elle comprenait la nature de sa révolte intérieure, mais ne l'encourageait pas à perturber le fragile équilibre qui régularisait les rapports de force et distribuait la place de chacun sur l'échiquier social. Le dimanche précédent, le curé, devant des bancs aux trois quarts vides, avait ridiculisé les pseudo-braves prêts à porter le flambeau de la justice, au risque d'accentuer la souffrance des individus victimes du destin et de détruire la quiétude de toute la population. Dieu pourfend les orgueilleux, scandait-il, du haut de sa chaire.

Théoret parvint à se raisonner. Au diable, pour l'instant, le scandale public ! Il recueillerait d'abord la version de Desautels, puis aviserait des suites à donner à ce dossier. Il n'allait pas compromettre sa carrière en se fiant uniquement à son instinct. On ne donne pas un coup de bâton dans un nid de guêpes par simple bravade, à moins d'être inconscient et naïf. Mais, juré craché, il allait découvrir le pot aux roses.

Théoret s'assit sur sa chaise pivotante. Il posa les pieds sur son bureau, croisa les mains sur son ventre et rejeta la tête vers l'arrière. Les yeux fermés, il réfléchissait à la meilleure façon de se comporter avec Desautels. Allait-il déployer la méthode dure, avec menottes, matraque et malencontreux coup de tête contre le haut de la portière de la voiture de patrouille ? Ou plutôt prendre la posture du protecteur, saisir son témoin subtilement par le bras et lui murmurer des paroles rassurantes, comme on fait avec les chevaux craintifs ? La sonnerie du téléphone sortit l'inspecteur de sa rêverie.

# 20

On me ramène à la maison. En hélicoptère en plus. J'avais bien apprécié ma première balade. La sensation de voler, de flotter dans les airs. Seul le bruit des moteurs fonctionnant à plein régime m'horripile. J'ai été formidable, semble-t-il. Garde Mailloux et Latendresse ont appris ce qu'ils voulaient savoir. Comme promis, je recevrai mes premiers traitements aussitôt arrivé au sol. Un éminent spécialiste m'attend déjà. Il va me rebrancher tout ça comme avant. Synapse par synapse. On ne peut pas m'expliquer la procédure en détail, car elle est beaucoup trop compliquée. C'est une espèce de secret professionnel. Une recette brevetée. Comme le poulet frit, ajoute Latendresse avant d'éclater de rire. Cela faisait longtemps que je ne l'avais pas vu aussi joyeux, celui-là.

Je ne peux en dire autant de garde Mailloux. Catégorique, elle refuse d'être du voyage. Trop sensible pour ce genre d'acrobatie. Elle répète que l'altitude lui donne mal au cœur. Puis elle me serre contre elle et me fait ses adieux, les yeux embrouillés. C'est toujours le même scénario avec les filles. Elles vous prennent dans leurs bras et vous inondent de larmes.

Latendresse s'impatiente, me traite de sangsue tout en m'arrachant de l'étreinte de garde Mailloux.

— Faut se dépêcher, l'hélico s'envole bientôt !

Je jette un dernier regard derrière moi. Accroupie sur sa chaise, garde Mailloux n'a plus de jambes. Elle les a repliées sous elle. Un torse immobile. Une vraie statue de sel. Je lui envoie la main, mais mon geste se révèle aussi inutile que puéril. Elle a fermé les paupières. Rideaux tirés. Garde Mailloux contemple ses territoires intérieurs. La tristesse perle encore sur ses joues. Avant que je ne prenne l'engagement de lui écrire, Latendresse me tire à l'extérieur, où une masse stagnante d'air chaud, tel un mur, me frappe de plein fouet. Une canicule. Je sue à grosses gouttes, j'ai du mal à respirer. Latendresse m'encourage, m'invite à prendre place près de la portière afin que je puisse apprécier la beauté des paysages. Et mes vertiges ? Balivernes ! réplique-t-il. De toute façon, le trajet ne durera qu'une vingtaine de minutes.

La grande ville disparaît déjà derrière nous. La traversée du fleuve s'effectue sans encombre. D'ici, c'est moins paniquant que sur un pont. J'imagine toujours que les ponts s'écroulent, que je m'enfonce dans les eaux, que je ne puis échapper au cercueil qu'est devenue l'automobile qui s'engouffre. Horreur ! La mort par asphyxie, les poumons lourds de liquide brunâtre. Je déteste mourir noyé ! Heureusement, nous survolons bientôt de vastes champs. On discerne au loin quelques maisons regroupées et des routes traversées par un flux régulier de minuscules voitures, qui détruisent la planète dans un va-et-vient incessant.

Puis j'aperçois ma montagne. Je reconnais même les vaches qui paissent dans le champ juste en dessous de nous. Latendresse crie quelque chose au pilote. Il pointe du doigt un amas de pierres. Sa mère ne l'a pas éduqué correctement! Il se penche vers moi et détache ma ceinture de sécurité. Ça ira plus vite pour quitter l'appareil tout à l'heure. Je le remercie de sa bienveillance à mon égard, mais réinsère la pièce de métal dans la boucle. Par prudence. Je reçois aussitôt une taloche derrière la tête. Chassez le naturel et il revient au galop. À force de fréquenter Latendresse, je prends ses mauvaises habitudes. Maudits proverbes ! Latendresse me redétache avec détermination et m'interdit toute initiative. Sous peine de grande colère, beugle-t-il. Je le sens soudainement plus nerveux, moins tolérant. Et le danger ? L'hélico, c'est sûr à 100 %, rétorque-t-il. Garanti. Le doute se lit sur mon visage. Latendresse joue cartes sur table et sort un puissant atout.

— C'est la première étape de ton traitement, le contrôle de tes émotions. Serais-tu moumoune ?

Je refuse de répondre à une question aussi tendancieuse et ridicule. Je ne pratique que l'autosatisfaction et l'amour platonique avec Marie-Jeanne.

— C'est ça, t'es pissou !

Pourquoi aurais-je peur ? Son affirmation m'inquiète. Maintenant que j'y pense, je me sens tout drôle. Moite. Étourdi. Latendresse devine mon angoisse. Il fouille dans ses poches, me tend son trésor, telle une offrande au creux de la main.

— C'est quoi, ça ?

— Des médicaments contre le mal de l'air.

— On dirait des bonbons.

— C'est miraculeux. Ça soulage n'importe quoi. Y compris le mal de vivre.

Garde Mailloux a bien fait de ne pas se joindre à nous. Elle n'aurait pas supporté. J'avale en deux gorgées. Ça va mieux. Nettement mieux. Plus de vertige, plus d'étourdissement. Je me sens prêt à escalader le mont Everest. Prodigieux ! Hallucinant ! Latendresse, c'est mon pote pour la vie !

Soudain, l'appareil bascule vers la droite, vers la gauche, puis vers la droite à nouveau. Le pilote aurait-il bu ? Ça me donne le roulis. Comme sur un bateau. J'ai

96

envie de vomir. Pas efficaces du tout, ces bonbons roses !
Latendresse m'avise qu'on ne dégueule pas dans un hélico.
C'est trop petit. Pas hygiénique. Et ça énerve le pilote. Les
dents serrées, je marmonne : « Je fais quoi, alors ? »

— Tu ouvres la fenêtre et tu vises de ton mieux.

Cette solution me paraît pleine de sens. Je cherche une
manivelle ou un bouton. J'aperçois un levier. Pousse dessus
délicatement avec la paume de ma main.

— Tire-le, imbécile !

Je n'y avais pas pensé. J'essaie d'un bord et de l'autre.
Rien ne bouge.

— Vers toi, l'attardé !

Il peut m'appeler comme il veut, je m'en balance. J'actionne le levier. La porte se détache de ses gonds. Je me
sens aspiré. L'appareil penche vers le trou béant à mes côtés.
Je tends la main à Latendresse, qui la rejette d'un geste
brusque. Il plie plutôt les genoux contre son torse, appuie
ses semelles sur mes côtes et me donne l'élan nécessaire
pour affronter le vide.

Je pense qu'il m'a souhaité aussi une bonne guérison.
À mon grand étonnement, je ne crie pas. Je flotte, vole,
croise des oiseaux, passe à travers les nuages, aperçois le
sol, loin, tout en bas. Puis, aussi vrai que la terre est ronde,
j'entends la voix de Marie-Jeanne. Mon amoureuse est
outrée, scandalisée. Et elle pique une colère noire. Faut pas
t'énerver de la sorte. Tout est ma faute. Je pousse les gens à
bout, dans leurs derniers retranchements.

Puis j'écarte les bras et les jambes. Je fais l'étoile en plein
ciel d'une fin d'après-midi d'été et suis pris d'un fou rire
incontrôlable. Par la suite, je mime différents personnages :
bras tendus vers l'avant, en position horizontale, comme
superman ; bras tendus vers le bas, à la verticale, tel un

plongeur olympique ; moulinette des bras et des jambes à la manière d'un cascadeur qui saute d'un gratte-ciel en feu.

Mon cœur bat la chamade. Il cherche à sortir de ma poitrine. Je tente de le retenir. Il insiste. Je résiste. Soudain, il m'échappe, me passe devant les yeux. Je le rattrape aussitôt d'une seule main, dans un effort démesuré, comme un receveur qui saisit un ballon mal lancé par son quart arrière.

J'ai le cœur sur la main ! Latendresse apprécierait mon jeu de mots. Comme c'est laid un cœur ! Je n'en aime pas la texture non plus. Ça salit les doigts et ça bat de moins en moins vite à mesure que l'âme s'éloigne.

J'ai sûrement l'âme en peine. Elle court à bride abattue. Elle ne veut pas rater le grand rassemblement des esprits. Marie-Jeanne vient me prêter main forte. Elle connaît ça, le vague à l'âme.

— Tiens bon ! me crie-t-elle.

Je veux bien, mais en chute libre dans l'atmosphère, on se raccroche à quoi ? Il n'y a pas de ptérodactyle dans le coin pour me sauver dans un élan de solidarité entre espèces menacées. On n'est pas dans *Bilbo le Hobbit* ! Faut faire avec les moyens du bord et les éléments du décor disponibles. Pour l'instant, c'est la chute, sans autre option.

# 21

Qui avait averti ce journaliste du retour imminent de Desautels ? Théoret avait sa petite idée là-dessus. Une arrivée en grandes pompes, avec télé, entrevues, analyses, rappel de l'horreur... À moins qu'on ne prépare quelque chose de plus gros encore. Un attentat en direct, une mise en scène digne d'un scénario hollywoodien. Un cortège présidentiel avec des éclats de cervelle en bout de course. Théoret ne savait pas mentir. Il confirma les renseignements que le journaliste avait dégotés. Et c'est ainsi qu'il se retrouva, quelques heures plus tard, dans un champ, en compagnie d'un reporter et d'un caméraman qui semblait avoir encore la couche aux fesses.

En raison de la chaleur, le journaliste avait enfilé un bermuda, une camisole et des sandales. Il ne cessait de harceler Théoret de questions depuis cinq minutes. L'inspecteur avait beau répondre seulement par des hochements de tête ou des grognements, l'autre noircissait son carnet de notes et de réflexions diverses.

— Le petit point à l'horizon, c'est notre hélico ?

— Sans doute.

Le journaliste fit signe au caméraman de braquer sa lentille sur cette tache. Le jeune homme s'exécuta, tout en sachant qu'il perdait son temps. Rien ne se détachait du fond de ciel bleu clair. Mais bon, quand tu es stagiaire, tu te la fermes et tu effectues les tâches qu'on te confie.

— Vous allez l'arrêter ?

— Qui ?

— Ben, l'attardé qui a brûlé la jeune Villeneuve.

— Ouais.

— Vous allez lui passer les menottes ?

Théoret le dévisagea. Rien de tel qu'un gros plan de mains enchaînées pour susciter l'intérêt des téléspectateurs. Il ne lui ferait pas ce plaisir.

Le stagiaire interrompit son tournage afin de nettoyer sa lentille.

— Qu'est-ce que tu fais là, s'enquit le journaliste ?

— J'ai cru voir un insecte s'écraser sur ma lentille.

L'hélicoptère grossissait à vue d'œil. Il était passé de la taille d'un pruneau à celle d'une orange, puis d'une citrouille. Le journaliste troqua sa camisole pour une chemise blanche, une cravate rose et un veston noir. Avec les bermudas, cela créait le plus bel effet ! Théoret le toisa avec mépris.

— Vous savez, avec les gros plans et les plans américains, les téléspectateurs n'y verront que du feu.

Mais l'inspecteur ne l'écoutait pas. Il jetait des coups d'œil tout autour. À l'affût du moindre bruissement d'herbes suspect.

— Vous me paraissez bien nerveux, inspecteur. Quelque chose vous tracasse ?

Oui. Tout se déroulait trop bien. Dans quelques minutes, il allait récupérer Desautels. Théoret craignait toujours un geste d'éclat, un finale grandiose avec gerbes de lumières, explosion de couleurs et musique tonitruante. Plus réaliste, il songea à un tireur embusqué. Mais à part le clocher de l'église, qu'il avait fouillé tout à l'heure, il y avait peu d'endroit où se cacher. Le sous-bois au loin avait aussi été passé au peigne fin. Pas de voiture piégée en vue, pas de mine enfouie. La caméra ! Il n'avait pas examiné la caméra. C'était un vieux modèle, qu'on porte à l'épaule et qui semblait assez lourd. Théoret s'approcha du stagiaire, feignit de trébucher et le percuta. Le jeune homme perdit l'équilibre et se retrouva le cul par terre. Théoret attrapa la caméra au vol avant qu'elle ne touche le sol.

— Désolé !

— C'est pas grave, vous avez sauvé Gertrude.

— Gertrude ?

— On vient de rebaptiser toutes nos caméras, expliqua le journaliste. Comme celle-ci est passablement démodée, on lui a donné un prénom en conséquence.

Théoret observa l'appareil avec attention. Gertrude avait peut-être fait la guerre de Corée, mais elle n'était pas du toc. Rassuré, Théoret tendit la main au jeune homme et l'aida à se relever. Tout se passait finalement comme prévu. Desautels serait bientôt sous sa responsabilité. Du moins, commençait-il à y croire.

Mais Théoret s'était réjoui trop vite. Comme sous l'effet d'un vent diabolique, l'hélicoptère tangua d'un côté, puis de l'autre. Un simple jouet à la disposition d'un Dieu cruel et impitoyable.

# 22

Marie-Jeanne se démène comme un diable dans l'eau bénite. Elle tourne en spirale autour de moi, avec l'espoir futile de freiner ma course. Elle a des milliers d'amis avec elle, à qui elle explique ce qui s'est passé. Je sais qu'elle n'est plus qu'une silhouette vaporeuse, mais tout ce qu'elle raconte se transforme en musique harmonieuse à mes oreilles. Elle élève la voix pour dénoncer les manigances de sa famille, les abus de pouvoir des autorités et les actions radicales des humains. Entre deux jurons et quatre cris, elle me demande de lui pardonner. Pardonner quoi ? De m'avoir entraîné dans son malheur, d'en avoir subi les conséquences. Bah ! il faut bien mourir un jour ou l'autre. Et je la retrouve intacte, comme dans mes souvenirs. Je me joindrai à sa cour, c'est tout. À titre de fou de la reine, s'il le faut. Et je la ferai rire de jour comme de nuit, je la dorloterai, je lui chanterai des berceuses pour l'endormir les soirs de pleine lune. Ou peut-être nous transformerons-nous en loups-garous et hanterons-nous les mortels à notre tour ? Du moins ceux qui le méritent.

Je tombe lentement, me semble-t-il. Je sens venir la fin. J'ai une bonne pensée pour garde Mailloux, à qui j'adresse vainement ce dernier souvenir.

*Marie-Jeanne est toute détrempée. Mais elle ne sort ni du bain, ni de la douche, ni du lac, ni d'un séjour sous la pluie.*

— *Frotte cette allumette, je t'en prie.*

— *Peux pas. Tu vas flamber.*

— *Je veux mourir. Jure-moi que tu vas enlever ma sœur des griffes de mon père. Jure-le-moi.*

*Ma mère ne veut pas que je jure. Je n'enlèverai personne. Le père de Marie-Jeanne n'a pas de griffes, pas même de longs ongles. Il se les ronge. Pourquoi ma bien-aimée s'est-elle versé le contenu de ce bidon sur la tête ? Pourquoi tient-elle à ce que je sois là ? Elle me fait confiance. Je suis le seul à qui elle fait confiance. Et elle me confie sa détresse, sa répugnance pour les hommes. Pour les femmes aussi. Du moins celles qui laissent leurs hommes agir à leur guise. Ceux-là, qu'on leur coupe les couilles et qu'on les leur fasse bouffer sans ménagement, précise-t-elle !*

*Elle se rend compte que je refuserai de coopérer. Elle me comprend et me connaît. Alors elle ruse. Elle mise sur une de mes faiblesses légendaires, et je tombe dans le piège comme un imbécile.*

— *C'est parce que tu es vraiment idiot, mon vieux, déblatère Latendresse, qui s'est inséré dans mon récit par je ne sais quel tour de magie.*

*Et garde Mailloux aussi.*

— *Pour ce que ça change ! Il savait tout. Il a tout vu.*

— *Je te parie que c'est lui qui a mis le feu, finalement.*

— *J'ai pas mis le feu. J'ai pas mis le feu. J'ai pas mis le feu...*

— *Arrête ton disque et raconte-nous ce qui s'est produit, alors.*

*Pourquoi pas ! Marie-Jeanne m'a menti sans que je la voie venir. Elle avait prévu un plan B, au cas où je me montrerais réticent. En plus d'avoir un visage à faire rêver, elle réfléchit avec l'aplomb d'un prix Nobel.*

103

*De sa voix de fillette dépitée, elle murmure lentement, en glissant quelques larmes entre chaque syllabe.*

*— C'est mon anniversaire, demain.*

*J'avais oublié, moi qui adore pourtant souligner le passage des années. Marie-Jeanne sort de sa poche une baguette métallique, un cierge merveilleux. Elle veut que je l'allume. Comme pour un gâteau. Ça fait de jolies étincelles. Et un curieux son, un pfft qui se prolonge. Je veux bien. Rien de tel que la beauté et la magie pour chasser les idées noires. Je m'y prends à deux fois et parviens à enflammer la composition pyrotechnique. Les étincelles partent de tous bords tous côtés. Je la lui remets. Elle me remercie, me souffle un baiser. Laisse tomber la baguette. Je la vois qui descend promptement au sol. Je me suis fait avoir. Tout devient limpide. Je devrais me précipiter, plonger de tout mon long et saisir la tige étincelante juste avant que l'essence ne prenne feu. Mais je ne suis pas James Bond ou Indiana Jones. Je ne bouge pas d'un poil. Figé sur place. Marie-Jeanne devient incandescente.*

*Si les autres me trouvent ici, je suis cuit. Ils ne vont pas apprécier que j'aie bousillé la fête. Il faudra que je m'explique, mais personne ne me croira. Alors je décampe, je cours aussi longtemps et aussi loin que je le peux. Advienne que pourra.*

*Garde Mailloux hoche la tête et partage mon désarroi. Latendresse me souhaite une mort rapide, puis éclate de rire.*

J'ouvre finalement les yeux et reçois la planète Terre en plein visage.

# 23

— Vous me laisserez lui parler, Théoret ?

— Non.

— Trente secondes, accordez-moi trente secondes avec lui.

— Pas question.

Le journaliste grommela. Théoret continuait à observer les alentours. Un chat, quelques oiseaux, un couple d'amoureux qui se dirigeait vers le sous-bois. La quiétude habituelle !

— On vous filme tous les deux et vous passerez au bulletin de 22 h.

— Je ne suis pas télégénique.

— Quel âge ont vos enfants, inspecteur ?

Théoret fronça les sourcils. Où diable ce journaliste voulait-il aboutir ?

— Je m'engage à les prendre comme enfants types dans le prochain reportage qu'on me confiera...

— Vous pouvez pas la fermer, deux minutes !

Il faisait passablement chaud en ce début de soirée. Théoret suait à grosses gouttes. Il s'épongea le front du revers de la main. Il s'imagina en train de siroter un pastis ou de déguster une bière froide. Dès qu'il rentrerait à la maison, il plongerait dans la piscine, puis décapsulerait une brune d'Irlande. L'amertume de cette boisson lui ferait oublier la sienne. Il eut une pensée pour les vieux pays. Ses ancêtres avaient émigré au Québec il y a quatre générations.

— Vous avez vu ? L'hélicoptère a penché d'un bord pis de l'autre, s'est étonné le stagiaire.

— C'est Boucher qui conduit ?

— Ouais, se borna à répondre l'inspecteur.

— Il a dû chercher à impressionner quelqu'un ou quelqu'une... siffla le journaliste. Chaque année, il fait une connerie avec son hélico. Théoret, vous vous souvenez de la fois où il a effectué un atterrissage d'urgence sur une plage de nudistes ?

Théoret se contenta d'acquiescer de la tête. Si ce journaliste connaissait le dixième des conneries que les personnalités du village avaient commises à l'adolescence, il lancerait un nouvel hebdo à potins. Elles ne s'étaient pas vraiment assagies avec l'âge ; l'argent et le pouvoir les avaient seulement rendues plus discrètes.

— C'est normal de jeter du lest en hélicoptère ? s'informa le stagiaire, médusé.

Théoret leva la tête vers le ciel. Il refusa d'ouvrir les yeux pendant quelques microsecondes. Cela ne changerait pourtant rien à la réalité. Son témoin poursuivrait sa chute vertigineuse vers le sol. Il n'allait quand même pas tenter de courir et de l'attraper avant qu'il ne soit trop tard. Lorsqu'il releva les paupières, la luminosité du ciel l'éblouit et lui fit perdre ses repères. Oiseaux, nuages, objets volants non identifiés...

— T'as capté toute la scène ? jubilait le journaliste.

— Ben, j'ai levé la tête... pour voir de mes propres yeux.

— T'as pas arrêté de filmer ?

— Non, non. La caméra a continué de tourner...

— Fais voir !

On aurait dit un court métrage postmoderne intitulé *Ciel bleu à l'infini*, ponctué de mouvements de caméra précipités.

— Qui m'a assigné un incompétent de la sorte ?

Le journaliste revisionna la dernière scène avec attention, mais pas le moindre signe d'une chute quelconque n'avait été capté sur pellicule. Il donna une claque derrière la tête du gamin et sacra pendant deux minutes sans interruption. Le stagiaire reprit son appareil en main et fixa son objectif sur l'hélico, qui se posa sur une aire de terre battue, devant eux. Atterrissage parfait, n'eût été l'absence de la portière de droite et de la disparition d'un passager.

Latendresse sortit de l'appareil le premier. Il serra la main de Théoret, repoussa le journaliste et exigea qu'on éteigne la caméra.

— Je discute d'abord avec l'inspecteur, puis je suis tout à vous.

Latendresse, qui affectait une mine déconfite, résuma de façon expéditive la situation.

— L'imbécile a tiré sur la poignée rouge. Il a été aspiré aussitôt. Vous ne l'avez pas vu tomber ?

Un bref instant, Théoret s'imagina tirer son arme, la pointer entre les deux yeux de son collègue pour lui faire avouer toute la vérité. Latendresse soutenait son regard et semblait suivre le fil de ses pensées. On aurait dit deux boucs qui se défiaient avant l'affrontement final. Théoret se remémora alors les paroles de sa femme et finit par se calmer.

— On n'était pas sûrs de ce que c'était...

Latendresse apprécia le changement d'attitude de Théoret. Le représentant de l'ordre régional n'avait cependant pas totalement baissé les bras.

— Vous ne l'aviez pas attaché ?

— Oui, mais il a dû se détacher à notre insu.

— Je viens de perdre mon seul témoin.

— Au contraire. Cette mort corrobore les aveux que Desautels nous avait faits. Il s'est suicidé par remords ou parce qu'il avait peur d'être incarcéré. Pensez-y, Théoret. Un criminel de moins et pas un sou à débourser pour le garder en prison.

— Et la justice, elle ? Et la vérité ?

Ses questions demeureraient lettres mortes. De toute façon, il n'y avait plus rien à faire. La version de Latendresse convaincrait les enquêteurs chargés de déterminer si l'agent spécial avait agi selon le protocole. Latendresse sortirait blanchi de cette affaire et pouvait dormir calmement sur ses deux oreilles.

— Écoutez, Théoret, je m'occupe du journaliste, pendant que vous allez récupérer le corps. Je suis prêt à parier qu'il est tombé au milieu des vaches de l'autre côté de la rivière.

Théoret tourna les talons et déguerpit. Le journaliste se rapprocha, sortit son micro et commença à interroger Latendresse. Avec sa tête rasée, sa cicatrice sur la joue gauche, ses airs de brute sans cœur, Latendresse personnifiait un policier peu ordinaire. Quand il ouvrit la bouche, le journaliste jubila. Quel langage coloré ! Latendresse ne maniait pas la langue de bois. Il disait clairement les choses, dans un vocabulaire cru, accessible, familier. Quelle aubaine ! C'était nettement mieux que cet enfoiré de Théoret, renfermé et peu loquace, qui soupesait chacun de ses mots avant de les aligner avec lenteur et monotonie. En deux minutes, Latendresse était parvenu à aligner cinq proverbes. C'était un as, ce mec ! Il fallait absolument le nommer directeur des relations publiques des services de police de la communauté rurale.

— Selon vous, lieutenant Latendresse, puisque Desautels a mis fin à ses jours, peut-on considérer que Marie-Jeanne Villeneuve est en quelque sorte vengée ?

Latendresse, dont les talents d'acteur n'étaient plus à démontrer, mêla quelques sanglots au timbre de sa voix et rendit un vibrant hommage à la famille Villeneuve, largement éprouvée par le destin. On entendait, hors champ, les pleurs réels du stagiaire.

Le journaliste était convaincu que les postes de télé cette fois-ci s'arracheraient son reportage. Encore deux ou trois interviews de la sorte, et il sortirait finalement de ce trou perdu. À lui la grande ville et le journalisme d'enquête !

## 24

Ce fut un choc terrible. La terre, évidemment, n'a pas sourcillé d'un poil. De mon côté, j'ai senti chacun de mes os éclater. Deux cent huit douleurs fulgurantes. Deux cent huit fois le bruit d'une carafe de verre échappée sur un plancher de céramique. Heureusement, j'ai souffert peu longtemps. Peut-être même mon cœur s'est-il arrêté de battre en pleine descente, à mi-parcours ? À moins que je ne l'aie sorti de ma poitrine pour l'offrir à Marie-Jeanne, tel un ballon rouge gonflé à l'hélium. Je me découvre une âme de poète romantique. Je m'épanche sans pudeur. Je confonds le réel et l'irréel, mes souvenirs et mes désirs.

Aérienne, Marie-Jeanne m'explique que mon ancienne vie, à la merci des vents contraires, s'éparpille aux quatre coins de l'univers. Sceptique, je regarde mon corps expulser ses fluides, perdre sa chaleur, se fondre au rocher dans une immobilité angoissante. En revanche, ça bouge vachement autour de nous. Ça en devient étourdissant par moments. Dans l'œil des ouragans, poursuit Marie-Jeanne, on n'éprouve plus la douleur. En fait, on répand le malheur, la désolation, la mort, sans vraiment s'en rendre compte. Ça me laisse pantois. Une légère inquiétude sourd en moi, s'agrippe à ce qu'il me reste de conscience. Elle s'incruste, croît et se transforme en angoisse. Moi qui croyais en avoir fini avec les émotions et la psyché. Aussi bien crever l'abcès tout de suite. Sur le ton anodin de celui qui s'informe du temps qu'il fera, je pose la question qui me brûle les lèvres.

— Quand est-ce que je vais rencontrer Dieu ?

Ah ! ce rire cristallin. Ça m'apprendra à m'ouvrir la trappe ! J'insiste tout de même. On ne se défait pas d'un réflexe religieux plusieurs fois millénaire du revers de la main. Cierges, encens, vitraux, confessionnal... Le jugement dernier, le film de ma vie passé en grande vitesse devant le juge suprême. Et le verdict manichéen : le paradis ou l'enfer ? Moi, ça ne me laisse pas indifférent. Alors j'exprime mon anxiété. Marie-Jeanne perçoit l'authenticité de mes peurs et cesse de se moquer de moi. Elle n'a toujours pas rencontré Dieu, ni personne qui aurait pu prétendre à son statut. Pourtant elle n'est pas demeurée inactive. Loin de là. Pas un coin de l'univers qu'elle n'ait exploré. C'est joli, mais un peu lassant à la longue. Entre deux panoramas qui coupent le souffle, des intermèdes de vide, de froid, de solitude. Une athée. Je me suis pris d'affection pour une athée qui refuse de reconnaître l'existence même de Dieu. Je le lui présenterai, moi, le Grand Barbu. Il se terre sur le sommet d'une montagne ; il rigole en ce moment avec des copains ou il joue au médecin avec un ange... Je ne perds pas la foi.

C'est curieux, on se tient toujours par la main depuis une éternité maintenant, et je ne sens plus le contact de sa peau. À peine une vibration, une longueur d'onde et un soupçon de chaleur. J'en oublie même parfois sa présence à mes côtés. Je m'égare dans mes pensées. J'assiste à des projections de scènes familières, sans pour autant être en mesure de nommer les personnages qui s'activent à l'écran. Ils gesticulent énormément, parlent une langue qui m'est inconnue et meurent comme des mouches.

Les corps se décomposent, pourrissent, puis grouillent d'une vie souterraine, larvaire. Ça sent l'humus et l'automne.

— C'est quoi cette espèce de gerbe lumineuse qui quitte les corps ?

— Tu voudrais que je te réponde leur âme ou la grande énergie originelle. Foutaise. J'en suis venue à la conclusion que ce sont les dernières émanations du cerveau. Comme s'il expulsait toutes les informations qu'il avait emmagasinées pour les redistribuer à travers l'atmosphère. D'autres individus les recueilleront et les feront germer dans un terreau plus fertile.

— C'est joli. Il y en a de toutes les couleurs.

— Pas de censure ni d'autocensure. Ces idées, ces sensations, ces émotions sont offertes en vrac à qui veut bien les adopter. De plus haut, le spectacle est encore plus hallucinant.

Alors que je m'attendais à voir l'atmosphère souillée par la pollution, les trous dans la couche d'ozone se détériorer sous mes yeux, j'assiste à la fusion de ce magma d'idées, de concepts, d'abstraction. Étrange flux de couleurs qui parfois accélère, parfois ralentit, puis se gonfle, se rompt et se répand en autant de rivières éthérées. Vitesse, harmonie, improvisation... Et si Dieu... Marie-Jeanne pose un doigt sur ma bouche.

— Suis-moi !

On prend place au cœur de ce courant impétueux et l'on est secoués jusqu'au vertige. On quitte la Terre. On frôle le Soleil. On sort de la galaxie. Direction inconnue. Voyage de non-retour, l'amour à l'infini. Marie-Jeanne m'entraîne au-delà de toutes mes espérances...

## 25

Les vaches, qui mâchouillaient paisiblement de l'herbe, levèrent la tête en direction de Théoret. Aucun sens du respect, ces humains ! Le corps de Desautels gisait dos au sol. Le malheureux était tombé sur un amas de pierres, et du sang avait éclaboussé les alentours. Pas joli à voir. Un pantin désarticulé. Pourtant le visage de Desautels affichait un air serein. Théoret croyait même percevoir l'esquisse d'un sourire apaisant. Tout un gâchis !

Sitôt son entrevue terminée avec Latendresse, le journaliste s'était dépêché d'aller rejoindre Théoret. Il fallait absolument qu'il filme le corps. Quel scoop, mes amis ! Quel scoop ! L'inspecteur avait tout juste eu le temps d'appeler la morgue et de recouvrir décemment le cadavre. La douce brise qui vint secouer la chaleur accablante rafraîchit l'inspecteur. Il n'allait pas bénéficier du silence ambiant encore bien longtemps. Il avait vu le journaliste sortir en trombe de son véhicule, suivi maladroitement par son stagiaire. Les deux énergumènes évitèrent tant bien que mal les traces fumantes et malodorantes des ruminants partis mastiquer l'herbe un peu plus loin.

À bout de souffle, le journaliste haleta : « Peut-on soulever le drap ? » Théoret le dévisagea, retint sa colère montante et secoua la tête. Pas question ! Il devrait se contenter d'une forme corporelle dissimulée sous un linceul blanc. Le journaliste intima à son comparse de filmer la scène bucolique en s'assurant de faire ressortir les marques de sang. À plusieurs endroits d'ailleurs, le drap se souillait de taches rouges, qui ne cessaient de prendre de l'expansion. À l'écran, l'effet serait suffisamment saisissant pour émouvoir les téléspectateurs.

— Je vous laisse, Théoret. On a du montage à faire.

Les deux hommes rangèrent leur matériel, puis décampèrent.

Une heure plus tard, les vaches broutaient toujours et, comme on avait jeté des seaux d'eau sur les roches, plus aucune trace ne témoignait du drame.

Les funérailles eurent lieu la semaine suivante. Une foule considérable s'assembla. Théoret et son épouse étaient du nombre. L'inspecteur se maintenait un peu à l'écart, à l'arrière de l'église. Résigné. Le rapport des inspecteurs chargés d'étudier le comportement des policiers lors de la tragédie de l'hélicoptère avait éliminé tout doute. La victime s'était détachée elle-même, avait ouvert la portière et s'était jetée du haut des airs pour échapper au sort que la justice lui réservait. Grotesque et pathétique ! Les policiers avaient même reçu les éloges de leur chef pour la façon dont ce dossier avait été mené. Et pourquoi pas une médaille de bravoure !

Monsieur Villeneuve avait assisté à la cérémonie. Avec tous les membres de sa famille. Au moment de l'éloge funèbre, une colombe, entrée on ne sait comment, tournoya au-dessus des fidèles et fit pencher bien des têtes, dont celle de Villeneuve. Finalement, elle s'immobilisa sur une poutre au-dessus du chœur, puis disparut comme elle était venue.

Villeneuve redressa les épaules. Il avait le pardon noble. Et exemplaire. Et socialement rentable. Il tenait sa fillette par la main. Théoret nota qu'elle lançait à la ronde des sourires de courtisane.

Théoret quitta l'église au bras de sa tendre moitié. Ils retournaient chez eux en marchant. Après un moment de silence, Éléonore décida de lui changer un peu les idées.

— Au fait, tu as été cherché ton colis à la poste ?

— De quoi tu parles ? répliqua-t-il d'un ton peu avenant.

— Ben, avant-hier, la postière a laissé un carton dans la boîte aux lettres...

Elle fouilla un long moment dans son sac, puis en extirpa l'avis en question. Ils décidèrent de faire un petit détour par le bureau de poste.

— Qu'est-ce que tu as commandé ?

— Rien !

Le reste du trajet se fit en silence. Théoret se présenta au guichet, remit son carton à la préposée qui revint, quelques instants plus tard, avec une grande enveloppe brune matelassée.

— C'est de qui ? s'enquit Éléonore.

— J'parviens pas à déchiffrer les gribouillis.

Ils reprirent leur petit bonhomme de chemin. Arrivés à la maison, ils burent chacun un grand verre d'eau citronnée. Désaltéré, Théoret s'assit bien confortablement dans son fauteuil préféré et décacheta l'enveloppe. Elle contenait des dizaines de feuilles photocopiées et une courte lettre.


*Inspecteur Théoret,*

*Nous nous sommes croisés une seule fois, mais vous me paraissez un collègue suffisamment intègre pour connaître le fin mot d'une histoire qui me soulève le cœur. Je vous envoie copie des notes que j'ai prises lors de mes rencontres avec Jules Desautels. Vous saurez ainsi ce qui se passe dans*

115

*votre patelin. Moi, j'ai remis ma démission et je disparais*
*dans ma Gaspésie natale.*

*Blondine Mailloux*


*P.-S. J'ai fait parvenir un colis semblable aux parents de*
*Desautels ainsi qu'à madame Villeneuve. Ces personnes ont*
*aussi le droit de connaître la vérité.*


Théoret parcourut le document à toute vitesse, puis en
effectua une relecture plus attentive. Villeneuve n'étant pas
directement responsable de la mort de Marie-Jeanne et de
l'incendie de son écurie, on ne pouvait ni l'incarcérer ni exiger
l'annulation du chèque que la compagnie d'assurances avait
récemment émis. Aucun élément de ce dossier ne permettait
non plus de réexaminer le rôle joué par Latendresse dans
l'accident de l'hélicoptère. L'inspecteur récapitula avec
Éléonore les différentes options qui s'offraient à lui, sans
parvenir à élaborer le moindre scénario satisfaisant.

— Et si j'allais parler à madame Villeneuve ? Je ne la
connais pas beaucoup, mais entre femmes...

— C'est inutile. Elle n'a rien fait depuis des années. Elle
ne changera pas son comportement du jour au lendemain.

— Et la fille aînée, comment elle s'appelle déjà...

— Suzanne.

— Elle saurait sans doute comment s'y prendre avec sa
mère...

— Qui te dit qu'elle a pas subi le même traitement que
sa sœur ?

Éléonore imagina alors une dizaine de raisons, toutes
plus farfelues les unes que les autres, qui pousseraient
Villeneuve à se dénoncer lui-même. Théoret rit de bon cœur,
puis décida de confronter son supérieur : il lui confierait les
notes de Mailloux et lui demanderait d'obtenir un mandat

de perquisition pour la demeure secondaire de l'homme d'affaires.

— Je serais pas étonné cependant qu'il jette tout ça à la poubelle dès que j'aurai quitté son bureau.

L'après-midi tirait à sa fin, et la routine reprenait peu à peu ses droits.

— As-tu faim ?

— Qu'est-ce qu'on prépare ?

Le téléphone sonna pendant que Théoret épluchait les patates. Il décrocha le combiné et perdit vite sa bonne humeur. Éléonore n'entendait que les répliques habituelles : « Qui ?... Quand ?... J'arrive. »

Son mari raccrocha et se laissa tomber sur la chaise la plus proche. Éléonore lui servit un cognac de 20 ans d'âge et attendit que le choc de la nouvelle soit passé. Deux gorgées suffirent à Théoret pour retrouver le contrôle de ses émotions et l'usage de la parole.

— Le père de Desautels s'est présenté au poste ce matin. Il prétend avoir noyé Villeneuve la nuit dernière dans le petit lac artificiel devant l'écurie. On cherche le corps.

L'inspecteur se leva, ramassa une pomme de terre crue, en prit une bouchée et sortit avec l'amertume au cœur.

# RÉCITS ET ROMANS
## aux Éditions Triptyque

Allard, Francine. *Les mains si blanches de Pye Chang* (roman), 2000, 156 p.

Andersen, Marguerite. *La soupe* (roman), 1995, 222 p.

Anonyme. *La ville: Vénus et la mélancolie* (récit), 1981, s.p.

Arsenault, Mathieu. *Album de finissants* (récit), 2004, 142 p.

Arsenault, Mathieu. *Vu d'ici* (roman), 2008, 108 p.

Association des auteures et auteurs des Cantons de l'Est. *En marge du calendrier* (anthologie), 1994, 128 p.

Bacot, Jean-François. *Ciné die* (récits), 1993, 133 p.

Beaudoin, Daniel-Louis. *Portrait d'une fille amère* (roman), 1994, 102 p.

Beaudoin, Myriam. *Un petit bruit sec* (roman), 2003, 116 p.

Beccarelli Saad, Tiziana. *Les passantes* (récits), 1986, 88 p.

Beccarelli Saad, Tiziana. *Vers l'Amérique* (roman), 1988, 96 p.

Beccarelli Saad, Tiziana. *Les mensonges blancs* (récits), 1992, 71 p.

Bensimon, Philippe. *Tableaux maudits* (roman), 2007, 172 p.

Bereshko, Ludmilla. *Le colis* (récits), 1996, 152 p.

Berg, R.-J. *D'en haut* (proses), 2002, 75 p.

Bessens, Véronique. *Contes du temps qui passe* (nouvelles), 2007, 137 p.

Bibeau, Paul-André. *Le fou de Bassan* (récit), 1980, 62 p.

Bibeau, Paul-André. *Figures du temps* (récit), 1987, 112 p.

Bioteau, Jean-Marie. *La vie immobile* (roman), 2003, 179 p.

Blanchet, Alain. *La voie d'eau* (récit), 1995, 76 p.

Blouin, Lise. *L'absente* (roman), 1993, 165 p.

Blouin, Lise. *Masca ou Édith, Clara et les autres* (roman), 1999, 228 p.

Blouin, Lise. *L'or des fous* (roman), 2004, 265 p.

Blot, Maggie. *Plagiste. Dormir ou esquisser* (récit), 2007, 64 p.

Boissé, Hélène. *Tirer la langue à sa mère* (récits), 2000, 188 p.

Boisvert, Normand. *Nouvelles vagues pour une époque floue* (récits), 1997, 137 p.

Bouchard, Camille. *Les petits soldats* (roman), 2002, 405 p.

Bouchard, Reynald. *Le cri d'un clown* (théâtre), 1989, 120 p.

Boulanger, Patrick. *Les restes de Muriel* (roman), 2007, 97 p.

Bourgault, Marc. *L'oiseau dans le filet* (roman), 1995, 259 p.

Bourque, Paul-André. *Derrière la vitre* (scénario), 1984, 105 p.

Bunkoczy, Joseph. *Ville de chien* (roman), 2007, 204 p.

Brunelle, Michel. *Confidences d'un taxicomane* (récit), 1998, 169 p.

Bush, Catherine. *Les règles d'engagement* (roman), 2006, 347 p.

Butler, Juan. *Journal de Cabbagetown* (roman), 2003, 262 p.

Caccia, Fulvio. *La ligne gothique* (roman), 2004, 153 p.

Caccia, Fulvio. *La coïncidencee* (roman), 2005, 132 p.

Caccia, Fulvio. *Le secret* (roman), 2006, 217 p.

Caccia, Fulvio. *Profanations. La frontière tatouée* (roman), 2008, 211 p.

Campeau, Francine. *Les éternelles fictives* ou *Des femmes de la Bible* (nouvelles), 1990, 114 p.

Caron, Danielle. *Le couteau de Louis* (roman), 2003, 127 p.

Chabin, Laurent. *Écran total* (roman), 2006, 98 p.

Chabin, Laurent. *Corps perdu* (roman), 2008, 156 p.

Chabot, François. *La mort d'un chef* (roman), 2004, 108 p.

Champagne, Louise. *Chroniques du métro* (nouvelles), 1992, 123 p.

Chatillon, Pierre. *L'enfance est une île* (nouvelles), 1997, 125 p.

Clément, Michel. *Le maître S* (roman), 1987, 125 p.

Clément, Michel-E. *Ulysse de Champlemer* (roman), 1997, 155 p.

Clément, Michel-E. *Phée Bonheur* (roman), 1999, 283 p.

Clément, Michel-E. *Sainte-Fumée* (roman), 2001, 361 p.

Cliche, Anne-Élaine. *La pisseuse* (roman), 1992, 243 p.

Cliche, Anne-Élaine. *La Sainte Famille* (roman), 1994, 242 p.

Cliche, Mireille. *Les longs détours* (roman), 1991, 128 p.

Collectif. *La maison d'éclats* (récits), 1989, 116 p.

Corbeil, Marie-Claire. *Tess dans la tête de William* (récit), 1999, 92 p.

Côté, Bianca. *La chienne d'amour* (récit), 1989, 92 p.

Daigle, Jean. *Un livre d'histoires* (récits), 1996, 105 p.

Daigneault, Nicolas. *Les inutilités comparatives* (nouvelles), 2002, 134 p.

Dandurand, Anne. *Voilà, c'est moi: c'est rien, j'angoisse* (récits), 1987, 84 p.

Daneau, Robert. *Le jardin* (roman), 1997, 167 p.

Depierre, Marie-Ange. *Une petite liberté* (récits), 1989, 104 p.

Déry-Mochon, Jacqueline. *Clara* (roman), 1986, 84 p.

Désalliers, François. *Un monde de papier* (roman), 2007, 192 p.

Désaulniers, Lucie. *Occupation double* (roman), 1990, 102 p.

Desfossés, Jacques. *Tous les tyrans portent la moustache* (roman), 1999, 271 p.

Desfossés, Jacques. *Magma* (roman), 2000, 177 p.

Desrosiers, Sylvie. *Bonne nuit, bons rêves, pas de puces, pas de punaises* (roman), 1998 (1995), 201 p.

Desruisseaux, Pierre. Pop Wooh, le livre du temps, Histoire sacrée des Mayas *quichés* (récit), 2002, 252 p.

Diamond, Lynn. *Nous avons l'âge de la Terre* (roman), 1994, 157 p.

Diamond, Lynn. *Le passé sous nos pas* (roman), 1999, 200 p.

Diamond, Lynn. *Le corps de mon frère* (roman), 2002, 208 p.

Duhaime, André. *Clairs de nuit* (récits), 1988, 125 p.

Dupuis, Hervé. *Voir ailleurs* (récit), 1995, 211 p.

Dussault, Danielle. *Le vent du monde* (récits), 1987, 116 p.

Forand, Claude. *Le cri du chat* (polar), 1999, 214 p.

Forest, Jean. *Comme c'est curieux… l'Espagne!* (récit), 1994, 119 p.

Forest, Jean. *Jean Forest chez les Anglais* (récit), 1999, 168 p.

Fortin, Julien. *Chien levé en beau fusil* (nouvelles), 2002, 152 p.

Fournier, Danielle. *Les mardis de la paternité* (roman), 1983, 109 p.

Fournier, Danielle et Coiteux, Louise. *De ce nom de l'amour* (récits), 1985, 150 p.

Francœur, Louis et Marie. *Plus fort que la mort* (récit-témoignage), 2000, 208 p.

Fugère, Jean-Paul. *Georgette de Batiscan* (roman), 1993, 191 p.

Gagnon, Alain. *Lélie ou la vie horizontale* (roman), 2003, 121 p.

Gagnon, Alain. *Jakob, fils de Jakob* (roman), 2004, 166 p.

Gagnon, Alain. *Le truc de l'oncle Henry* (polar), 2006, 166 p.

Gagnon, Daniel. *Loulou* (roman), 2002 (1976), 158 p.

Gagnon, Lucie. *Quel jour sommes-nous ?* (récits), 1991, 96 p.

Gauthier, Yves. *Flore ô Flore* (roman), 1993, 125 p.

Gélinas, Pierre. *La neige* (roman), 1996, 214 p.

Gélinas, Pierre. *Le soleil* (roman), 1999, 219 p.

Gervais, Bertrand. *Ce n'est écrit nulle part* (récits), 2001, 90 p.

Giguère, Diane. *La petite fleur de l'Himalaya* (roman), 2007, 122 p.

Gobeil, Pierre. *La mort de Marlon Brando* (roman), 1989 (1998), 135 p.

Gobeil, Pierre. *La cloche de verre* (roman), 2005, 151 p.

Gosselin, Michel. *La fin des jeux* (roman), 1986, 147 p.

Gosselin, Michel. *La mémoire de sable* (roman), 1991, 140 p.

Gosselin, Michel. *Tête première* (roman), 1995, 156 p.

Gosselin, Michel. *Le repos piégé* (roman), 2000 (1988), 188 p.

Gray, Sir Robert. *Mémoires d'un homme de ménage en territoire ennemi* (roman), 1998, 188 p.

Guénette, Daniel. *J. Desrapes* (roman), 1988, 149 p.

Guénette, Daniel. *L'écharpe d'Iris* (roman), 1991, 300 p.

Guénette, Daniel. *Jean de la Lune* (roman), 1994, 229 p.

Harvey, François. *Zéro-Zéro* (roman), 1999, 172 p.

Jacob, Diane. *Le vertige de David* (roman), 2006, 155 p.

Julien, Jacques. *Le divan* (récits), 1990, 74 p.

Julien, Jacques. *Le cerf forcé* (roman), 1993, 174 p.

Julien, Jacques. *Le rêveur roux: Kachouane* (roman), 1998, 206 p.

Julien, Jacques. *Big Bear, la révolte* (roman), 2004, 230 p.

Kimm, D. *Ô Solitude!* (récits), 1987, 142 p.

Lacasse, Lise. *L'échappée* (roman), 1998, 216 p.

Laferrière, Alexandre. *Début et fin d'un espresso* (roman), 2002, 232 p.

Laferrière, Alexandre. *Pour une croûte* (roman), 2005, 120 p.

Lamontagne, Patricia. *Somnolences* (roman), 2001, 126 p.

Landry, François. *La tour de Priape* (récit), 1993, 88 p.

Landry, François. *Le comédon* (roman), 1997 (1993), 410 p.

Landry, François. *Le nombril des aveugles* (roman), 2001, 267 p.

LaRochelle, Luc. *Amours et autres détours* (récits), 2002, 124 p.

Lavallée, Dominique. *Étonnez-moi, mais pas trop!* (nouvelles), 2004, 121 p.

Lavallée, François. *Le tout est de ne pas le dire* (nouvelles), 2001, 173 p.

Laverdure, Bertrand. *Gomme de xanthane* (roman), 2006, 193 p.

Lebœuf, Gaétan. *Bébé... et bien d'autres qui s'évadent* (roman), 2007, 284 p.

Lefebvre, Marie. *Les faux départs* (roman), 2008, 136 p.

Le Maner, Monique. *Ma chère Margot,* (roman), 2001, 192 p.

Le Maner, Monique. *La dérive de l'Éponge* (roman), 2004, 155 p.

Le Maner, Monique. *Maman goélande* (roman), 2006, 156 p.

Le Maner, Monique. *La dernière enquête* (polar), 2008, 188 p.

Lemay, Grégory. *Le sourire des animaux* (roman), 2003, 110 p.

Lepage, Sophie. *Lèche-vitrine* (roman), 2005, 147 p.

Lépine, Hélène. *Kiskéya* (roman), 1996, 147 p.

Lépine, Hélène. *Le vent déporte les enfants austères* (récit), 2006, 114 p.

Lévy, Bernard. *Comment se comprendre autrement que par erreur* (dialogues), 1996, 77 p.

Lévy, Bernard. *Un sourire incertain* (récits), 1996, 152 p.

Maes, Isabelle. *Lettres d'une Ophélie* (récits), 1994, 68 p.

Manseau, Pierre. *L'île de l'Adoration* (roman), 1991, 180 p.

Manseau, Pierre. *Quartier des hommes* (roman), 1992, 207 p.

Manseau, Pierre. *Marcher la nuit* (roman), 1995, 153 p.

Manseau, Pierre. *Le chant des pigeons* (nouvelles), 1996, 167 p.

Manseau, Pierre. *La cour des miracles* (roman), 1999, 280 p.

Manseau, Pierre. *Les bruits de la terre* (récits), 2000, 176 p.

Manseau, Pierre. *Ragueneau le Sauvage* (roman), 2007, 264 p.

Manseau, Martin. *J'aurais voulu être beau* (récits), 2001, 144 p.

Marquis, André. *Un navire dans une bouteille* (roman jeunesse), 1998, 63 p.

Marquis, André. *Croisière au fond du lac* (roman jeunesse), 1999, 120 p.

Marquis, André. *Les noces de feu* (roman), 2008, 117 p.

Martel, Jean-Pierre. *La trop belle mort* (roman), 2000, 238 p.

Martin, Daniel. *La solitude est un plat qui se mange seul* (nouvelles), 1999, 145 p.

McComber, Éric. *Antarctique* (roman), 2002, 175 p.

McComber, Éric. *La mort au corps* (roman), 2005, 303 p.

Ménard, Marc. *Itinérances* (roman), 2001, 242 p.

Messier, Judith. *Jeff!* (roman), 1988, 216 p.

Michaud, Nando. *Le hasard défait bien des choses* (polar), 2000, 216 p.

Michaud, Nando. *Un pied dans l'hécatombe* (polar), 2001, 241 p.

Michaud, Nando. *Virages dangereux et autres mauvais tournants* (nouvelles), 2003, 181 p.

Michaud, Nando. *La guerre des sexes* ou *Le problème est dans la solution* (polar), 2006, 289 p.

Monette, Pierre. *Trente ans dans la peau* (roman), 1990, 112 p.

Moutier, Maxime-Olivier. *Potence machine* (récits), 1996, 109 p.

Moutier, Maxime-Olivier. *Risible et noir* (récits), 1998 (1997), 164 p.

Moutier, Maxime-Olivier. *Marie-Hélène au mois de mars* (roman), 2001 (1998), 162 p.

Neveu, Denise. *De fleurs et de chocolats* (récits), 1993, 96 p.

Neveu, Denise. *Des erreurs monumentales* (roman), 1996, 121 p.

Nicol, Patrick. *Petits problèmes et aventures moyennes* (récits), 1993, 96 p.

Nicol, Patrick. *Les années confuses* (récits), 1996, 95 p.

Nicol, Patrick. *La blonde de Patrick Nicol* (roman), 2005, 93 p.

Noël, Denise. *La bonne adresse* suivi de *Le manuscrit du temps fou* (récits), 1995, 161 p.

O'Neil, Huguette. *Belle-Moue* (roman), 1992, 95 p.

O'Neil, Huguette. *Fascinante Nelly* (récits), 1996, 127 p.

Painchaud, Jeanne. *Le tour du sein* (récits), 1992, 95 p.

Paquette, André. *La lune ne parle pas* (récits), 1996, 159 p.

Paquette, André. *Les taches du soleil* (récits), 1997, 219 p.

Paquette, André. *Première expédition chez les sauvages* (roman), 2000, 180 p.

Paquette, André. *Parcours d'un combattant* (roman), 2002, 183 p.

Paré, Marc-André. *Chassés-croisés sur vert plancton* (récits), 1989, 92 p.

Paré, Marc-André. *Éclipses* (récits), 1990, 98 p.

Pascal, Gabrielle. *L'été qui dura six ans* (roman), 1997, 115 p.

Pascal, Gabrielle. *Le médaillon de nacre* (roman), 1999, 180 p.

Patenaude, Monique. *Made in Auroville, India* (roman), 2004, 211 p.

Pépin, Pierre-Yves. *La terre émue* (récits), 1986, 65 p.

Pépin, Pierre-Yves. *Le diable au marais* (contes), 1987, 136 p.

Perreault, Guy. *Ne me quittez pas!* (récits), 1998, 113 p.

Perreault, Guy. *Les grands brûlés* (récits), 1999, 173 p.

Poitras, Marie Hélène. *Soudain le Minotaure* (roman), 2002, 178 p.

Poitras, Marie Hélène. *La mort de Mignonne et autres histoires* (nouvelles), 2005, 171 p.

Poulin, Aline. *Dans la glace des autres* (récits), 1995, 97 p.

Quintin, Aurélien. *Barbe-Rouge au Bassin* (récits), 1988, 257 p.

Quintin, Aurélien. *Chroniques du rang IV* (roman), 1992, 193 p.

Raymond, Richard. *Morsures* (nouvelles), 1994, 169 p.

Renaud, France. *Contes de sable et de pierres* (récits), 2003, 152 p.

Renaud, Thérèse. *Subterfuges et sortilèges* (récits), 1988, 144 p.

Ricard, André. *Les baigneurs de Tadoussac* (récit), 1993, 54 p.

Ricard, André. *Une paix d'usage. Chronique du temps immobile* (récit), 2006, 211 p.

Robitaille, Geneviève. *Chez moi* (récit), 1999, 142 p.

Robitaille, Geneviève. *Mes jours sont vos heures* (récit), 2001, 116 p.

Rompré-Deschênes, Sandra. *La maison mémoire* (roman), 2007, 176 p.

Saint-Pierre, Jacques. *Séquences* ou *Trois jours en novembre* (roman), 1990, 134 p.

Schweitzer, Ludovic. *Vocations* (roman), 2003, 188 p.

Shields, Carol. *Miracles en série* (nouvelles), 2004, 232 p.

Soudeyns, Maurice. *Visuel en 20 tableaux* (proses), 2003, 88 p.

St-Onge, Daniel. *Llanganati* ou *La malédiction de l'Inca* (roman), 1995, 214 p.

St-Onge, Daniel. *Trekking* (roman), 1998, 240 p.

St-Onge, Daniel. *Le gri-gri* (roman), 2001, 197 p.

St-Onge, Daniel. *Bayou Mystère* (roman), 2007, 164 p.

Strano, Carmen. *Les jours de lumière* (roman), 2001, 246 p.

Strano, Carmen. *Le cavalier bleu* (roman), 2006, 251 p.

Tétreau, François. *Le lai de la clowne* (récit), 1994, 93 p.

Théberge, Gaston. *Béatrice, Québec 1918* (roman), 2007, 192 p.

Thibault, André. *Schoenberg* (polar), 1994, 175 p.

To, My Lan. *Cahier d'été* (récit), 2000, 94 p.

Turcotte, Élise. *La mer à boire* (récit), 1980, 24 p.

Turgeon, Paule. *Au coin de Guy et René-Lévesque* (polar), 2003, 214 p.

Vaillancourt, Claude. *L'eunuque à la voix d'or* (nouvelles), 1997, 159 p.

Vaillancourt, Claude. *Les onze fils* (roman), 2000, 619 p.

Vaillancourt, Claude. *Réversibilité* (roman), 2005, 256 p.

Vaillancourt, Marc. *Le petit chosier* (récits), 1995, 184 p.

Vaillancourt, Marc. *Un travelo nommé Daisy* (roman), 2004, 185 p.

Vaillancourt, Marc. *La cour des contes* (récits), 2006, 93 p.

Vaillancourt, Yves. *Winter et autres récits* (récits), 2000, 100 p.

Vaïs, Marc. *Pour tourner la page*, 2005, 113 p.

Valcke, Louis. *Un pèlerin à vélo* (récit), 1997, 192 p.

Vallée, Manon. *Celle qui lisait* (nouvelles), 1998, 149 p.

Varèze, Dorothée. *Chemins sans carrosses* (récits), 2000, 134 p.

Villeneuve, Marie-Paule. *Derniers quarts de travail* (nouvelles), 2004, 105 p.

Vincent, Diane. *Épidermes* (polar), 2007, 216 p.

Vollick, L.E. *Les originaux* (roman), 2005, 271 p.

Wolf, Marc-Alain. *Kippour* (roman), 2006, 266 p.

**PROTÉGEONS NOS FORÊTS**

Tous les livres des Éditions Triptyque sont désormais imprimés sur du papier 100 % recyclé postconsommation (exempt de fibres issues des forêts anciennes) et traité sans chlore.

L'impression de *Les noces de feu* a permis de sauvegarder l'équivalent de 4 arbres de 15 à 20 centimètres de diamètre et de 20 mètres de haut. Ces bienfaits écologiques sont fondés sur les recherches effectuées par l'Environmental Defense Fund et d'autres membres du Paper Task Force.

**MARQUIS**

Marquis imprimeur inc.

Québec, Canada
2008